离巢之歌

北川千代文集

[日] 北川千代——著

赵 鑫——译

苏州新闻出版集团

古吴轩出版社

图书在版编目（CIP）数据

离巢之歌 /（日）北川千代著；赵鑫译. -- 苏州：
古吴轩出版社，2024. 8. --（北川千代文集）.
ISBN 978-7-5546-2418-0

Ⅰ. I313.84

中国国家版本馆CIP数据核字第20243EY036号

责任编辑：鲁林林
见习编辑：刘　楠
策　　划：沈　鹏
封面设计：秦刘昕

书　　名：离巢之歌
著　　者：[日]北川千代
译　　者：赵　鑫
出版发行：苏州新闻出版集团
　　　　　古吴轩出版社
　　　　地址：苏州市八达街118号苏州新闻大厦30F
　　　　电话：0512-65233679　　　　邮编：215123
出 版 人：王乐飞
印　　刷：溧阳市金宇包装印刷有限公司
开　　本：880mm×1240mm　1/32
印　　张：6.25
字　　数：111千字
版　　次：2024年8月第1版
印　　次：2024年8月第1次印刷
书　　号：ISBN 978-7-5546-2418-0
定　　价：38.00元

如有印装质量问题，请与售后联系。0512-87662766

致所有在征途上披荆斩棘的少年！

北川千代

目 录

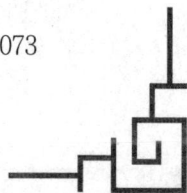

初次旅行

爸爸突然让我去坂井叔叔那儿玩，弄得我一头雾水。

"你坂井叔叔说，希望你春假①能过去玩。爸爸会送你到上野车站，明早就出发怎么样？他会到那边的车站去接你，所以不用担心。"听到这话，我非常开心，已经开始心痒痒地憧憬了。

那时的我十二岁，是家中独女，备受宠爱。在这之前，我从来没有一个人坐过火车，所以这次出行唯一的遗憾就是爸爸妈妈不能陪我一起过去。我一边把最喜欢的玩具一股脑儿地塞进皮箱，一边央求爸爸："爸爸，您要是能陪我一起去就好了！"爸爸却说："你也知道，爸爸现在特别忙，公司里的事情特别多，每天都要忙到很晚才能回家。再说了，叔叔说了更希望你一个人去玩。如果爸爸也跟去了，

---

① 春假，日本学校通常在每年3月期末考试之后，放一周左右的简短假期。

叔叔就不会觉得你像是他自己的孩子了。"说完，爸爸便哈哈大笑起来。

其实我知道，爸爸这段时间特别忙，每天从公司回来都特别晚，家里也总有很多人不停地进进出出。慢慢地，连妈妈那美丽的脸庞也变得疲惫不堪、郁郁寡欢。这些我都看在眼里，但当时的我却一丁点儿都不知道爸爸那时候到底经历了什么，承受了多大的压力。如今每每想到这里，我内心就十分悔恨：我当时怎么什么都不懂，真是个小孩！

坂井叔叔跟爸爸从高中时代起就是好朋友，他当时是利根川①沿岸一家大型砖厂的厂长。叔叔没有孩子，他每次来东京办事，一定会住在我家，像疼自己的孩子一样宠着我。叔叔总是开玩笑地说："小都要是能分一半给叔叔当孩子就好了，哪怕就只是叔叔来东京的这几天也行啊！"我同样也特别喜欢叔叔。

叔叔很早就一直邀请我去他在乡下的家里玩，甚至还对我说："我可真希望能当你的爸爸，哪怕只是你在村里的这段日子。"正因为如此，爸爸才会笑着对我说："叔叔更

① 利根川，长约 332 千米，流域面积约 16 840 平方千米，是日本长度第二、流域面积最大的河流，长度仅次于信浓川。

希望你一个人去呢！"我也一点儿都不为此担忧，不过，任性地跟爸爸做约定也是有必要的："那爸爸，等您忙完了工作，就要马上过来啊！"

妈妈默默地注视着因即将进行第一次独自短途旅行而兴奋不已的我，意味深长地说："小都你还能这么开心，妈妈可真想把你一直偷偷地藏在身边啊！"妈妈当时这么说，我想她一定无法想象我即将面临的惨境。她当时所能想到的，大概只是我成为穷孩子后，马上要吃的那些苦头吧。

眼前的这个"妈妈"，准确来说，是我的继母。爸爸告诉我，我的亲生母亲在我三岁时就去世了，我连她长什么样子都记不起来。对我来说，提到"妈妈"，我只能想到眼前这位亲切的妈妈。妈妈特别疼爱我，要不是因为妈妈太过年轻，所有人看到我俩都会认为我们是亲生母女吧！我很自豪有一位这么年轻漂亮的妈妈，我跟妈妈最好了。

第二天一大早，我和爸爸一起坐上轿车。我郑重其事又恋恋不舍地叮嘱妈妈，仿佛要出一趟远门："妈妈，为了不让您寂寞，我会每天给您写信哦。我把乡下的景色画下来，把小花压扁做成干花放在信封里，都给您寄回来。您也一定要给我回信啊！"

妈妈微笑着说："好的，一定要写信哦！你可千万不能忘了啊，妈妈可是会一直等着你的信哦！"

我信誓旦旦地说："您放心吧！那我出发啦！"我往爸爸身边靠了靠，把自己塞进柔软的坐垫里。爸爸也充满怜爱地搂住我的肩膀，搂得紧紧的。虽然爸爸一直都很温柔，但不知道是不是因为将有一段时间见不到了，我觉得今天的爸爸格外温柔。

爸爸目不转睛地看着我的脸，语气平静："小都，你长得越来越像你过世的妈妈了，爸爸仔细看，我们家小都真是长大了。"我心里嘀咕：难道爸爸因为我要当一阵子叔叔的孩子——虽然时间很短——所以感到落寞伤心？如果是这样，那我干脆不去了，就待在爸爸身边！"爸爸，我不想去叔叔家了。不知道为什么，我不想离开您！"我大声喊。

听到这话，爸爸摸了摸我的脑袋，满脸温柔，又像在解释什么，语气里带着一丝慌乱："不用，不用，你不用担心这个。爸爸可不是为了这个这么说的。让你去叔叔那儿玩，爸爸可是举双手赞成的啊！"说完，爸爸在我的额头留下了一个温暖的吻。

到达上野车站后，乘客们早已排了老长的队伍等待检票进站。好不容易上了火车，我从车窗里探出头来，跟爸爸再次撒娇确认："爸爸，您肯定也会来的吧！什么时候呢？"

"大概四五天吧。"

"那就是下周三左右咯。爸爸，您一定要来啊！"

"嗯，我下周三晚上肯定去。"爸爸的眼眸仿佛能化出水来，他久久地凝视着我，紧紧握住我倚在窗框上的手，叮嘱道，"乖女儿，即使爸爸不在你身边，你也一定要一直坚强地好好生活啊。爸爸最担心你不开心了。"

"没事的，爸爸，我会坚强的，您一定要来啊！"当时的我根本不能真正理解爸爸话里的深意，心里只想着——反正爸爸一定会来接我的，所以只是简单回答了一句。

在此之后，我时常反反复复地回想这一幕，爸爸这短短的一句话成了我一生都无法忘记的"箴言"。

在此之后，每当人生遇到悲伤的事情，我的脑海中总会浮现出当时爸爸满是深情的眼睛和这句至真至纯的嘱咐，也总能从中获得从悲伤中重生的力量。因为我想对亲爱的爸爸说："爸爸您看，我现在多么坚强啊！"这也是我能对爸爸尽孝的唯一方式了。

没多久，发车铃声响了起来。"那再见了，小都。代我向你叔叔婶婶问好。你一定要给我们写信啊……"火车发动了，爸爸的话我只听清了一半。爸爸小跑着追着火车，把我的手紧紧地按在他粗糙的脸颊上——咦？爸爸不是每天早上都会把胡须刮得干干净净的吗，怎么今天脸上满是胡荏？这胡荏刺痛了我的手，也让我的心头莫名涌起哀伤，眼里的泪水模糊了爸爸的身影……

我着急忙慌地抹掉眼泪，望向窗外，爸爸的身影远远地、远远地……落在原地。后来的我怎么都想不到，在这个世上，我再也不能和这个身影说上一句话了。

"不过四五天，爸爸就会来接我。我一定要坚强，要等爸爸夸我。"当时的我在心里暗暗嘲笑自己，不过就是几天的旅行，还弄得这么伤感。

我重新坐到座位上，再次望向窗外，火车已经在不知不觉间驶出了城市……

乡间风景

火车刚刚滑进站台，我就立刻看到了窗外坂井叔叔那张兴奋的脸。

"哇，小都到啦！我还在想你一个人来不了呢，小都可真了不起！"叔叔笑成了一朵花，把我从车厢里带出来，"怎么样，乡村的空气比城里的清新舒服多了吧？叔叔家比这儿还要更乡下，所以更舒服！"

叔叔精神满满，骄傲满满，利落地抓起我的行李，领我走出车站。不远处，停着一辆带有叔叔工厂标志的轿车。

车子驶过一排低矮的房屋，驶出小镇，我的眼前豁然开朗，尽是乡村景象——森林、旱田、稻田、小河。金灿灿的油菜花送来甜甜的香味，小麦蓬勃地伸展着翠绿的叶子，清澈无垠的蓝天里，鸟儿婉转的歌声在回荡……

一下子，不久前和爸爸离别的依依不舍与一个人初次旅行的忐忑不安都被我抛到了九霄云外。我大喊：

"啊——！真是太漂亮啦！叔叔您快看，小鸟在天上飞得那么高、那么高！"

"那是百灵鸟。轿车路过会惊动它们，它们就会从田里飞出来。小都，你虽然听到过百灵鸟的声音，但你一定没见过吧？"叔叔笑着说，"快看！对面森林里凸出的那排烟囱就是我们工厂，能看见吧？"

一里①路，一眨眼的工夫就到了。那排在车上看起来小小的烟囱，一下子变成了庞然大物，直直地矗立在眼前。

不知不觉间，轿车已经开到了工厂里的空地上。说起工厂，我以为会和我在东京见惯的那些用高墙或栅栏围起来的工厂一样。但在这里却并没有这些围墙，眼前只有高耸的砖山。在堆积整齐的几座砖山中间，矿车的铁轨蜿蜒交错，旁边笔直地延伸出一条汽车道。这条车道尽头，叔叔的房子就矗立在河岸边的高地上。

叔叔再次自豪地说道："怎么样，不错吧？你别小看这条河，这条河可是会流进利根川的呢！"

到家以后，婶婶早已准备好了茶点等着我。婶婶比我妈妈年长五岁，看起来有三十二三岁，是一位很美丽的女士。但不知是不是因为身体不太好，她很消瘦，看起来有

———
① 里，即日里，日本的长度单位，1 日里 ≈ 3.927 千米。

点敏感。叔叔说婶婶欢天喜地地准备了一堆我爱吃的东西。

　　婶婶温柔地看着我："你来的正是最好的时候啊。又能去采花草，又能去赏樱花，听说已经长出不少笔头草①了。"

　　听完这话，我不由得开始期待明天了。当晚，我们早早歇息了。我睡在叔叔和婶婶之间，想着爸爸和妈妈现在在做什么，慢慢睡着了。

---

① 笔头草，多年生草本植物，日语中称之为"土笔"或"杉菜"。早春时分，像笔一样从地底探出头来，常见于野外、河堤。

人生剧变

第二天，天气特别晴朗，让人心情舒畅。

听说婶婶身体很弱，一向待在家里不出门。但她为了我，竟然今天也要一起出门。于是，一大清早，厨房就传出了热闹非凡的"锅碗瓢盆交响曲"。

当婶婶终于收拾好了一切，准备出门时，叔叔却突然慌张地跑回了家——他早上去了一趟工厂办公室。我刚走出门，就被叔叔这反常的模样吓了回来，赶忙问："叔叔，怎么了？"

叔叔听到这话，停在了原地，表情复杂，盯着我看了半晌。突然，他一下子抱住了我，把我紧紧地搂入怀中，然后吞吞吐吐、断断续续地说："小都，你可千万别被吓到……你……你父亲，他……他昨晚突然……去……去世了。"

"什么？"

　　叔叔的声音低了下去："是真的……"

　　叔叔颤抖的手中紧紧捏着一张白纸，我看了一眼，自言自语道："是真的……是妈妈传来了电报……"爸爸去世了……爸爸，昨天还去送我的爸爸，他怎么会去世呢？我脑海里仿佛有个声音一直在回荡。

　　眼前一黑，我差点儿晕倒，抱住叔叔的手放声大哭："爸爸！爸爸……"叔叔紧紧地抱着我，心疼地安慰道："小都，别哭，别哭……唉，想哭就哭吧。哭完之后就能坚强起来了……你，你……一定要坚强啊！就算你爸爸不在人间了，你还有叔叔……我会一直陪着你的！"

　　要坚强，对，昨天爸爸也是这么说的！可是要我怎么坚强啊！我一直哭，一直哭，脑袋中全是问号：爸爸真的、真的去世了吗？是得了急病，还是遇到了交通事故？

　　因为这通突然的电报，我马上又要返程回东京了。

　　叔叔对我说："你爸爸把你送到这里来，可能是不想让你看到他的遗……怕你难过。但你们毕竟是亲父女，不去怎么放心得下？你妈妈也一定希望现在能有你陪在身边吧。总之，你要马上回家，其他事后面再说。"说完，叔叔立刻给我收拾回东京的行李。

　　我这才得知，原来爸爸在两三天前给叔叔写了一封信，问他能否在我春假时照看我一阵子，得到同意后就马上送我过来了。这才是真相，而爸爸却对我说，是叔叔主动邀请我来玩的。爸爸想让我满怀期待地来叔叔家，更重要的是，恐怕爸爸那时已经暗暗做好了今天的这个决定。

如果是这样，那爸爸的死……想到这里，我感到胸膛里的血都凝固起来了。

再见，东京

我陷入了巨大的悲伤，心都要碎了，无法相信爸爸真的死了。我做梦都没想到会发生这样的事情，爸爸居然会自杀！

回家后，我听说爸爸的公司牵涉了很多乱七八糟的纠纷，作为女儿，我却对此一无所知。听大人们说他被坏人陷害了，但出于社长①的责任感，爸爸认为自己管理不善，难辞其咎，就独自担下了所有责任，自裁以谢罪。

"他们逼死了一个人才啊！原本竹下就是儒雅学者，根本不适合做那种工作。如果他留在学术界，肯定能有大作为。因为这种事，学术界损失了一个难得的人才，实在是太遗憾了！……"叔叔流着泪，一遍又一遍不停地对着上苍控诉着。

---

① 社长，在日本的公司组织架构中，社长通常是公司的最高领导人，负责制定和实施公司的发展战略及管理方针，领导公司的经营活动。

　　爸爸的遗容沉静而肃穆，如同睡着了一般。一枪致命，子弹穿透了心脏。可能也正因为这样，爸爸除了脸上微微泛青，跟平常没有半点不同。我甚至觉得爸爸下一秒就会睁开双眼，开心地喊我："小都，你回来啦！"

　　除了给公司的相关人士写了遗书，爸爸还写了两封遗书放在书房的抽屉里。其中一封是写给叔叔的，一封是写给妈妈的。不管是哪一封，都是满满的慈父心肠，天可怜见。

　　写给叔叔的信中，满是爸爸对我的牵挂和担忧："小都不仅失去了亲生父亲，还变成了一个一文不名的穷小孩，今后这日子可怎么过呢？……小都的一切就拜托给你们夫妻了。虽然我知道这并非易事，但还是想请你们一定照顾好她。我没有什么话要留给小都，请只带给她这一句——要正直、坚强、乐观地活下去！恳请你们一定劝她不要因为这件事产生阴影……"

　　在写给妈妈的遗书中，爸爸先是感谢了妈妈长久以来照料着整个家，还嘱咐她要去寻找自己的幸福。信中这样解释道："我之所以把小都交给坂井，绝不是因为不信赖你，而是因为你还不到三十岁，我不想让你的人生从此背上这样的重担。但即便她离开了你，也请你还像以前一样，多关心关心她……"他在天上也会祈祷妈妈今后的人生能够幸福。

妈妈一遍又一遍地读着这封遗书，一遍又一遍，终于，失声痛哭起来。

爸爸的死讯在昨天就上了新闻头条。不管哪家报纸，全都痛惜爸爸的离世，并赞颂他的清白和强烈的责任感。甚至有的报纸直接这样写："有人愧对竹下博士之死！"可能因为如此，尽管葬礼十分简朴，但现场摆满了花朵，看起来规模很大。我们学校的小栗校长也带着他的女儿——我的好朋友厚道子——参加了葬礼。

葬礼结束后，叔叔因为工厂还有事，和我约定："等你爸爸'三七'①的时候，我会再来参加仪式，顺便接你回去。"

"头七"结束后，妈妈给所有女佣都放了假，阿蜜却执意留下来，说是在"七七"结束前无论如何也不能离开。偌大的房子里就只剩下我、妈妈和阿蜜三人，冰冷的寂寥之感像冷风一样渗进了我的身体。

为了给公司抵债，眼前的这个大房子，包括这些家具，最终都是别人的了。妈妈为了不让我看到这残忍的一幕，特意让我早点儿去乡村。妈妈一直反复念叨："小都，妈妈真

① "三七"，从死者死去的当天算起，七天为一个周期。从"头七"到"二七""三七""四七""五七""六七""七七"共七次，其间会做相应的法事。

不想和你分开啊！"我也不想，叔叔再好，我也不想去。但是，我深知只要我透露一点真实想法，妈妈即使自己吃糠咽菜，也一定会把我留在身边。我太了解妈妈了，妈妈正是希望我能幸福，不用跟着她受苦受穷，才忍痛让我去叔叔家的。因此，也为了不违背爸爸的遗愿，我最终还是把"妈妈，我也想跟你在一起！"这句话死命地咽回了肚子里。

妈妈如孤儿般无依无靠，她不仅没有娘家可回，也没有任何能依靠的亲戚。所以，她把我托付给叔叔，把这个房子转交他人后，就只能自谋出路了。

短短几天，妈妈一下子憔悴了，我望着妈妈的脸，心疼地想："如果我再大一点，不管多辛苦，我都要努力工作养活妈妈！"妈妈却先我一步说了出来："小都啊，只要妈妈找到好工作，能养活咱们两人，我们还是要像以前一样一起开心地生活啊。那样的话，坂井也一定会放心地把你送回来。其实，你爸爸是太担心我了，反而不懂我的真实想法。他如果知道你可以给我增加多大的动力，也一定会开心地同意让我们俩一起生活的。"

爸爸"二七"那天，扫完墓，妈妈领着我去学校跟大家道别。小栗校长特意来为我送行，他紧紧地握住我的手。"竹下同学，我一直在担心你。你妈妈说你要去乡村了。非转学不可吗？"小栗校长的话里满是疼惜，"你瘦了，可怜的孩子！"

一进教室，我的好朋友们全都站了起来，你一言我一语。"竹下，你为什么要去乡村啊？""就算去那边了，也绝不能忘记我们啊！""你一定要记得回来啊！"每个人都大哭起来，我和妈妈也忍不住哭了出来。

这么和蔼的老师、这么贴心的朋友，我怎么可能忘了你们呢？我怎么可能忘了五年来朝夕相伴，一起学习、一起玩耍的好友呢？

越不希望到来的日子，反而来得越快。"三七"很快就到了。当天早上，妈妈一遍又一遍地嘱咐我："妈妈不能陪你一起去拜访并当面把你托付给坂井婶婶，这真是太不妥了。但妈妈后面还有很多事情要处理，怎么也没法抽身过去，你一定要代我给婶婶道歉，说我一处理好这边的事，就马上前去拜访！"

"这个，是你爸爸留给我的遗物。这是很久以前你爸爸买给我的，我一直非常喜欢。你带着它，一看到它，就像看到爸爸和妈妈也陪在你身边一样。"妈妈递给我一只小小的金色怀表，拴在细细的链子上，一按盖子，就能看到爸爸精神饱满的微笑，仿佛要跟我说话。我暗暗在心中发誓："'正直、坚强、乐观'。爸爸，我绝不会忘记您留给我的这句话的！"

　　我真的再也不愿回忆与妈妈分别的场景了。我最喜欢的妈妈，最温柔的妈妈，妈妈那像白色花朵一样美丽的脸，就像那时爸爸的脸一样，最终都在我蒙眬的泪眼前消失了。

　　火车最终还是无情地发动了。我在心中暗暗地大喊："再见！再见，妈妈！再见，东京！"

　　行到半路，天渐渐阴沉起来，淅淅沥沥地下起了雨，一如失魂落魄的我。

我的小房间

现在，叔叔家成了我的家。

回想以前，叔叔不知多少次跟我开玩笑："当叔叔的孩子吧！""当叔叔的孩子吧！"做梦都没有想到，玩笑竟然成了真，命运之轮猛地把我推到了这里，新的生活开始了。

我们一到家，婶婶就说："我早就烧好了洗澡水。"

"啊，是吗？那小都你先去洗，叔叔必须马上去办公室看看。"说完，叔叔喝了口茶，匆忙赶往办公室。

我感觉自己可能哪里惹了婶婶，她看上去很不高兴，阴沉着脸，沉默了许久。但婶婶并不是那种不明事理的人，不会一直在我这个孩子面前沉默。

终于，她像什么都没有发生过一样，故作轻松地对我说："小都，你先去洗澡吧，天这么冷，一路上一定累坏了。"我想先换回常服，记得上次来这里，婶婶曾把我带

到一个六张榻榻米 ① 大小的房间，并说："这里以后就是小都的房间了。"我的行李应该还放在那里，刚要朝那边走，婶婶却突然大声说："阿茂啊，你带她去。"

女佣阿茂把我领到了一个小房间——只有两张榻榻米大小，之前带来的行李和今天刚拿来的行李都堆在里面。许是还没整理，尽管东西很少，但放在这个房间还是显得太多了。阿茂站在一旁，望着房间自言自语："就算是给娃娃住，这也忒小了哇！"说完，脸一下子红了，可能是怕我嘲笑她的乡下口音。

我非常理解阿茂。我这次来和上次来，婶婶的态度发生了一百八十度的大转变，阿茂一定讨厌婶婶这么做。我想阿茂心中一定在想："她父亲没了，就马上这么对待她。"阿茂的善意像暖流，流过了我的全身上下，我不觉红了眼眶。

其实，这个小房间并没有那么糟糕。之所以想哭，是因为自从父亲去世以后，我就多了一个毛病——只要一被别人关心，我就立刻想哭，我为阿茂的关心感到暖心而哭。

---

① 榻榻米，日本传统的家具用品，指铺在室内地板上的草垫、草席等。在日本，房间的面积一般用榻榻米的数量来计算，一张榻榻米的面积约为 1.62 平方米。

　　环视房间，一面是壁橱①，一面墙上有一个低矮的窗户，还有一面是拉门——通往室内走廊。老鼠灰的墙壁，墙上还渗出了好几块淡黑色的污迹，可能是最近下雨渗进来的水渍，我这才注意到房间里光线很暗。

　　洗完澡后，我请阿茂帮忙把被褥和皮箱放进了壁橱，又把妈妈给我的小置物柜和书架靠墙摆好，放上父亲的遗像和玩偶。床旁边还有一张桌子，这么一来，这个房间被塞得满满当当。为了盖住墙上那些大块的污迹，我把爸爸留给我的一幅米勒②的油画作品《晚祷》③挂在了桌子背后的墙上——虽然坐在桌前就看不到画了，但墙上最脏的地方被盖住了——整个房间焕然一新，都要认不出了。

　　直到天黑，叔叔才回家。他一边脱西装，一边问我："怎么样？小都，累坏了吧？吃完晚饭，你今晚早点休息吧。从明天开始就要振作起来了，用崭新的面貌去生活。新的

---

① 壁橱，住宅套内与墙壁结合而成的落地贮藏空间。日式住宅多以榻榻米为床，因此设有可以收纳床垫、被褥等寝具的壁橱。

② 米勒，全名让－弗朗索瓦·米勒（Jean-François Millet, 1814—1875），法国画家。米勒的作品以乡村风俗画为主，写实地描绘了农村的景象和农民的生活，既有田园牧歌式的美好，也充满着对劳动者的同情和体恤。

③ 《晚祷》，米勒著名作品之一，描绘了一对农民夫妇在远处教堂钟声响起时，放下手中的工作，垂首虔诚祈祷的画面。米勒倾力刻画了日落给大地蒙上的萧瑟氛围，让它来笼罩这对可亲可怜的农民夫妇。在这幅油画中，米勒着重描绘了农民夫妇的虔诚和质朴，这幅油画寄托了他对农民生活境遇的无限同情。

生活要开始了哦！"

刚吃完晚饭，叔叔就说说要看看我的房间收拾整齐了没有，他快步走向之前那个六张榻榻米大小的房间，我赶忙从背后叫住他："叔叔，我的房间在这边。"

"什么？在哪儿？"

这次换成我领着叔叔走到小房间前。我拉开门，叔叔紧紧抿着双唇，凝视良久。最终，他一句话也没说，大步流星返回餐厅。"叔叔这是怎么了？"我赶快合上拉门，疑惑地朝他追去。餐厅里传来了争吵声，我呆呆地停在了走廊。

"以后的日子还长着，不能一直当客人一样招待。"

"我不是想让你把她当客人招待，但让孩子住那个房间也太过分了！其他的房间又不是没有，那个房间那么小，还挨着用人房。这么对待小都，我怎么对得起死去的竹下兄！"

听到他们为了我的房间而争执，我突然不知所措起来。为什么都觉得这个小房间不好呢？尽管叔叔家比这好的房间有很多，但给我这么个孩子用，那些房间都太大了。我倒是觉得这个小房间很可爱，我很喜欢。"我的小——房——间"，这个名字多可爱啊！

一个失去父亲、无处可去、身无分文，只能寄人篱下的孩子，居然还能得到一个房间！这么幸福的孩子，恐怕这世上都没有第二个了吧？我以前在书中读到过，这种孩子的下场无一例外，不是被送去当用人、练杂技卖艺，就是沦为乞丐。而我却能得到一个房间，还能完全随着自己的心意来装扮它，我没有理由不心怀感恩。再说了，紧挨着用人房，离阿茂很近，我就不会孤独了，我很喜欢呢！我真想现在就把我的真心话全都说给叔叔听，但我不好插嘴，于是我硬生生把话咽了回去，一个人默默地回到了属于我的小房间。

我呆呆地靠在桌子旁，望着黑漆漆的窗外，不知不觉，眼泪又开始在眼眶里打转了。我心里害怕，一直以来，爸爸坚实的臂膀和妈妈温暖的羽翼都保护着我，如今离开了这些庇护，我感觉自己被看不见的强大旋涡卷了进去，只剩下无助和孤独。就连看起来那么乐观、那么温柔的叔叔，家里也并不是完全幸福的，我不禁难过起来，心想："爸爸不了解叔叔家的情况，如果他知道的话，还会把我托付给叔叔照顾吗？"

餐厅的谈话声持续了一会儿，伴随着沉重的脚步声，叔叔回到了我的小房间："小都，这个房间能住吗？"

"能！叔叔。"我藏起湿润的眼眸，赶忙答道，"我特别喜欢这个可爱的房间！我以前在家里，房间虽然有四张半榻榻米大小，但太大了，反而觉得不方便，就让妈妈放了个柜子进来。现在这么大刚刚好呢！"为了能让叔叔知道我有多满意这个房间，我拼命地解释。

"是吗？你这么说，叔叔很高兴。那你就暂时忍耐一下。家里的事都拜托你婶婶打理，如果我强行反对，反而会给你带来麻烦。"

"嗯。"我点点头，"我明天开始就帮婶婶干家务，我在家就一直帮妈妈干活呢。"

"谢谢啦！"叔叔欣慰地用大手抚摸着我的头。他沉默许久才开口："叔叔家没有孩子，你婶婶身子弱，一个人在家又很孤单，希望小都能让这个家一下子热闹起来！"

叔叔像是一下子想通了，又变回往日神采奕奕的样子："好啦，那你今晚就早点休息吧，我让阿茂来给你铺被子。"

叔叔走后，我突然意识到：从今晚开始，我只能独自睡在这个房间里了！

新朋友们

第二天开始，天气一直不错，与刚到那天的阴雨连绵截然相反。

婶婶身子弱，心情似乎很受天气的影响。晴朗的日子里，她也变得活泼起来，说趁着梅雨还没来，赶紧多做些家务活。她一边指挥着两个女佣干活，一边自己也忙得团团转。

似乎婶婶对于不顾叔叔的反对、强行把我安置在小房间也感到有些过意不去，所以对我格外温柔，总是"小都，小都"地亲切地叫着。家中的氛围快乐起来了，我也忘了刚到那天的落寞，变得开朗起来。

又过了两三天，叔叔带我转学到村里的小学。第一天去得比较晚，我见了老师，和同学们匆匆打了个照面，找好了座位就回家了。但那天也令我印象深刻。

小学离工厂只有半里远，建在稻田中间，校舍陈旧，建筑风格相当老式，虽说有围墙，也不过是像低矮的河堤一类的东西。我以前的学校可是在东京都排得上号的现代建筑。看惯了之前的校园，我的心理落差极大，感觉怪怪的。当然这里也有优点——运动场实在是太大了！高大粗壮的樱花树环绕四周，这个季节，枝上只余绿叶，仅存的樱花花瓣星星点点，随着若有似无的风起舞，实在是在东京难得一见的充满闲情逸致的美景了。

校长带我去五年级教室的时候，正是第三节课的朗读时间。刚进教室，班主任就让全班暂停朗读，把我介绍给大家："这就是从东京转学来的竹下都同学。"大家鼓掌表示欢迎。掌声停止后，班主任又笑眯眯地继续说："大家要把竹下当成从一年级到现在的好朋友，不能让她觉得东京的学校更好哦！"话音未落，"没问题！""好的！"同学们的声音从四面八方传来，此起彼伏。我在这热情、和睦的氛围包裹之中，一股热泪涌了上来。

一感动就流泪的毛病，又犯了。

班主任决定在下次做操的时候再好好安排我的座位，暂时把一个空着的靠窗的座位指给我了。我向新朋友们点头行礼后准备回家，同桌的女生小声地对我说："明天你一定要早点来啊！""嗯，一定早来！"我笑着点头。出门前，我再一次向大家点头行礼，向着新同桌的方向。内心的欣喜与感激无以言表，只能用这种方式来表达了。

那天傍晚，叔叔好像对阿茂说了些什么，阿茂兴冲冲地出门了。

阿茂回来后，还没等我问她，就主动交代了："刚才先生吩咐我回家一趟。我的妹妹阿金和你同一个年级，从明天开始，她会来等你一起上学。阿金那个野丫头淘气得很，我们都拿她没有办法。不过呢，她是个非常有趣的孩子，小都你要是能喜欢她就好啦。"

"真的吗?!"我听到阿茂居然有个和我一样大的妹妹，兴奋不已，"如果是你的妹妹，我肯定特别喜欢！因为你也这么喜欢我嘛！"听我这么说，阿茂开心地笑了："哎呀，小都，你可真会说话！"其实不用说出来，阿茂也知道我有多喜欢她。

听说阿茂今年十八岁，她个子高高的，又有点胖，看起来似乎比我东京家里的阿蜜还要大些。阿茂说她的父亲是工厂发电机房的工人，家里共有七个孩子。老大去了部队；阿茂是老二；老三阿新马上就十六岁了，和父亲一起在发电机房工作；老四就是阿金。阿茂笑着说："再往下还有九岁、六岁、三岁的弟弟妹妹，你可以下雨天去看看，我家简直像打仗一样，兵荒马乱的。"

明天就可以和新朋友一起去新学校啦！怀着期待，我安然入睡。第二天一早，我得知昨晚在我睡着之后，叔叔和婶婶又一次发生了不愉快。

具体来说，婶婶早早选好了等我一起上学的伙伴——总务课①课长的女儿和产品课课长的女儿，但叔叔却让女佣的妹妹和她的朋友们等我一起上学，这让婶婶很是不悦。听说他们二人因此争执了很久，但这次叔叔却并没有让步，两人都大为恼火，最终以叔叔"愤然先睡"而告终。

因此，当阿金带着三个好友，一大早登门等我的时候，婶婶却摆出了一副完全不认识她们的样子。阿金和我想象中的一样，小脸圆圆的，看起来特别有活力。她倒是完全没注意到婶婶的不开心，自顾自向我介绍起她的三个朋友来。

长得最高的是小美，是铁路工人的女儿；红头发的是小仓，是工厂木匠的女儿；还有一个又瘦又小的女孩叫小鹤。我后来才听说，小鹤的父亲死于工厂的事故——被出故障的升降梯夹死了。小鹤还有个妹妹，母女三人靠着抚恤金和在铁道口卖一些杂货及粗粮点心为生。小鹤也是个苦命的孩子。

过了一会儿，婶婶叫来的伙伴也终于露面了。园子和

---

① 课，日本企业中常见的行政单位，相当于我国的科。

政江两人一身整洁的洋装，跟先来的四个孩子相比，完全是一派时髦的东京风格。婶婶一边点头回应二人的问好，一边表扬道："果然还是家风好的孩子懂礼仪！"但我心里却觉得这很不公平。明明刚才阿金她们也很礼貌地跟婶婶行礼问好了啊，只是婶婶装作没看见而已。

不过，我们还是一起热热闹闹地出了门去上学。这两拨人，最初由于各自父亲地位的不同，尽管都是从同一家工厂去往同一所学校，但一直都是分开走的。刚开始，队伍还是分成了两拨，大家也不能一起好好聊天。我想方设法让两拨人走在一起，还没走半里路，大家就熟络起来，到学校的时候，已经完完全全地成为好朋友了。

从那以后，每天早晨，大家都会先到我家——其实是叔叔家——集合，然后一齐向学校进发。途中，我们还会玩很多游戏，捉迷藏啊，猜拳跳①啊，赛跑啊，一路上欢声笑语、热闹非凡。每次想出游戏点子的都是阿金，政江最开始有些傲慢，总是挑刺儿，但不知不觉间，她也开开心心地融入了。

这么开心的上学之路，是我在东京不曾拥有的。我每天都把这些事一五一十地写在信里，告诉远在东京的妈妈。

---

① 猜拳跳，一种通过"剪刀、石头、布"猜拳，赢者向前跳一步，先到终点者为胜的游戏。

妈妈偶尔也会来信，但寄给我的信总是跟给婶婶的信放在同一个信封里，要不就全都是明信片。我心中不满："为什么妈妈从不给我写长信呢？"妈妈从不单独给我寄信的良苦用心，一直到我长大以后才明白：妈妈是顾及婶婶的感受才这么做的。

因此，五月底，妈妈找到了工作的消息是叔叔婶婶最先得知的，而我在此之前却毫不知情。那封信上说：在搬离原来的家后，妈妈找到了一份工作——在一对法国夫妇家里教两个孩子，并且能和他们住在一起。她原本想在工作之前，先来叔叔家拜访并当面感谢叔叔婶婶，但由于雇主那边催得急，她只能在信中反复道歉。我听说后失落得厉害，但看到妈妈在信里说"等这边的事处理好我就过去"，又对此期待不已。

盼啊盼啊，日思夜想的妈妈没来，令人心烦的梅雨却先来了，每天都阴雨连绵。捉迷藏和猜拳跳都玩不成了，我们只能在泥巴路上，先抬一只脚，再拔另一只脚，艰难前行。

这季节，越来越多的孩子光着脚去上学了。机智的学校清洁工就在楼梯出入口的换鞋处①放了一个大盆，方便

———————
① 换鞋处，日本学生进入学校要换鞋，在学校楼道或楼梯出入口设有换鞋处和鞋柜。

光脚上学的孩子们在那儿洗脚。

　　光脚上学的一般都是男孩子，他们洗了脚之后也从来不擦，所以，从楼梯出入口到教室门口，留下了一串串湿漉漉的小脚印，走廊简直像被水冲刷过一般。不过，没人觉得光脚上学不好意思，也没人抱怨走廊上的水，大家都充满活力，这里的风气真的很淳朴。

牵牛花

漫长的梅雨季终于结束了，天气一下子变热了。

婶婶虚弱的身体与突然降临的酷暑过招儿后，最终以失败告终。暑气渐盛，婶婶经常卧床不起，她的心情也因此变得阴晴不定。我经常会看见她烦躁地训斥女佣们。

刚来的时候，我从阿美那儿要来了一些牵牛花种子，在空花盆里种上了。这个时节终于开出了花。牵牛花开出了深蓝色和红色，虽说是最常见的颜色，但因为我特意跟阿茂学习了种植方法，所以开出的花比一般的要大很多。我想把这花放在婶婶房间外的走廊上，因为我自己很喜欢花，所以以己度人：如果婶婶每天早晨睁开眼睛就能看到清新雅致的花，一定会神清气爽！

最初的几天，婶婶每天虽然看到了，但似乎并没在意这是谁放的。

牵牛花

第四天早晨，我不小心把花盆掉在了脱鞋石^①上，终于，她发现了！

"谁？"婶婶被吵醒了，很是不悦，严厉地责备道，"有人在睡觉呢，太吵了吧！"

"对不起，婶婶。我不是故意的。"我一边把怀里抱着的另一盆花轻轻地放在了走廊上，一边赶忙道歉，"我不小心把花盆掉在脱鞋石……"还没等我说完，婶婶掀起蚊帐一角，那张苍白的脸从缝隙中对准了我。被她一打量，我越发慌张："我……我不该一次拿两盆花的。"

婶婶凝视了牵牛花许久，一直保持着那个姿势，问道："每天早晨拿来牵牛花的，是你吗，小都？"

"嗯。"我屏住呼吸，怯怯地回答，"我想婶婶会喜欢的吧……"

"我很喜欢，谢谢，好美啊！"婶婶像是在自言自语，语气与刚才截然不同，既温柔又心平气和。我疑惑地抬头一看，婶婶的眼睛一直被花吸引着，一动不动，瞳孔居然是亮晶晶的。我心里感叹，婶婶是个孤独的人啊！我想婶婶一定是寂寞得难以忍受，才会变得如此烦躁，才会经常训斥用人们。

---

① 脱鞋石，专供脱鞋的石台，一般放置于日式房间的正门外或檐廊入口处。

　　叔叔每天一早就奔向办公室，一整天也见不到人影，只剩婶婶一个人在家，她一定非常寂寞。原本这种时候我应该陪陪她，但我自从听到婶婶烦躁的责备声后，就尽可能地对她敬而远之。现在，我才发觉，这么做真的很对不起婶婶。

　　婶婶又问："这些花是你种的吗？"

　　"是的，不过听说这不是上等的牵牛花，要是有更好的种子就好了。"

　　"谁说这不是上等的牵牛花呀？"

　　"阿茂说，上等的牵牛花，颜色更浅。"

　　"哦。"婶婶又陷入了沉默，许久之后又问我，"小都，你喜欢种花吗？"

　　我马上回答："嗯，我特别喜欢！比起玩偶什么的，我更喜欢花啊狗啊这些，因为玩偶根本长不大。我最喜欢能动的东西，或者是能养大的东西了！"

　　"哈哈，小都你可真是贪心啊！"婶婶居然放声大笑起来，这可是从没有过的，"那这样，小都。你的房间前面不是有一块空地吗？那块地都给你了，随你种些喜欢的花吧！"

　　我大吃一惊，开心地大叫："啊！真的吗，婶婶？真的我想种什么就能种什么吗？"

婶婶被我的傻样逗笑了，满意地点点头："嗯，真的。你如果能把那块地种好，以后我还给你更大的地。小都，这是为了感谢你的牵牛花，给你的谢礼。"

就这样，做梦都没想到，我居然也有了属于自己的小院子！那一整天我都喜气洋洋的，一直在想着该种些什么好呢？

婶婶其实是一个很好的人啊。她要是没得病，该是多么亲切的一个人啊！

利根一诞生

八月一到，就是暑假了。

在以前，每年暑假，妈妈都会带我去镰仓^①……想到这里，我心里不禁难过起来。这时候，阿金叫我去快要干涸的河床里捕鱼，我开心地答应了，刚刚的落寞也马上被遗忘了。

一大早，我带着竹篓、铁皮桶，和阿金一起走向河床深处。阿金的弟弟阿三、五郎和勘公早就到了，三个人都站在刚没过膝盖的河水中，奋力地挖着河底的泥巴，堆成能截断水流的鱼梁^②。我看到阿三手里拿着一个小竹排，像一排啤酒瓶似的。

"这是什么？"

---

① 镰仓，位于日本神奈川县东南部，三面环山，南面临海。这里气候温和，风景如画，是日本著名的历史名城和海滨胜地，游客四季不绝。
② 鱼梁，捕鱼的堰，中间留有缺口，放上捕鱼工具可捕鱼。

"这是竹笱①，把它插进这个鱼梁里，就能抓到想逃跑的鱼了。"

我和阿金也赶忙光着脚走进了河水里。我问："怎么样？能抓到吗？"

"嗯，现在那些大鲫鱼就藏在那边的水草下面，只要把水放出来，它们就跟着出来了。"

筑好鱼梁后，我们五个人一起用铁皮桶舀起水来。

"啊！刚才有一条大泥鳅碰了我的脚！"

"呀！是鮠鱼②，鮠鱼！不愧叫鮠鱼啊，游得真快③！你们看好了，不管它逃到哪里，我都能把它给抓到！"

水坑里的水越来越少，我们的兴致却越来越高涨。正当我们兴致勃勃地排水时，小美和小仓上气不接下气地跑了过来。小美气喘吁吁地对我说："我们刚要去你家找你……刚才……船停在海边的那个船老大④……他老婆刚生了个孩子，但是没有能包孩子的干净布，所以我们就来找你了。"

现在可不是排水捕鱼的时候了，我连沾满泥巴的手都顾不上洗，就飞爬上岸，朝家狂奔。身后传来了男孩子们

① 竹笱（gǒu），竹制的捕鱼器具，口小，鱼进得去出不来。
② 鮠（wéi）鱼，亦称江团、白吉。身体前部扁平，后部侧扁，眼小，有须四对，无鳞，尾鳍分叉。生活在淡水中。
③ 在日语中，"鮠"与"快"的发音相同。
④ 船老大，船上负责人的俗称，具有丰富的航行经验。

的抱怨："嘻，还以为什么事呢！不就是个婴儿嘛，有什么大不了的。"

我直接跳过后门的木栅栏，拜托婶婶给我一块不要的旧布。趁着婶婶找布的空当儿，我用院子里池塘的水匆忙洗了下手，又从自己的皮箱里拿出一些已经穿不上的睡衣、衬衣裤什么的，连同婶婶给我的床单和旧浴衣一起，一股脑儿地抱着又朝河那边跑去。

好不容易跑上了渔船，我们看到婴儿被妈妈的破衣衫包裹着，正睡得香甜呢。婴儿小脸通红，个头很大。船里只有母子俩，阿金问："接生婆已经回去了吗？"刚刚还眯着眼的船老大老婆，突然恢复了精神，仿佛只是打了个盹儿，一脸惊讶地看着我们，哈哈大笑："你这孩子说什么呢？……哪来的钱去请接生婆啊？不就是生孩子嘛，我一个人就生好啦！"

阿金目瞪口呆，惊得说不出话，望着我们。我们也觉得婴儿和接生婆总是秤不离砣的。此时此刻，除了面面相觑，我们真不知道说什么好了。女人用我拿来的布重新包好了婴儿，安抚孩子睡下。

去山那边办事的船老大回来了，一看到婴儿，他十分欣喜。"哦！已经生啦！"又赶忙追问，"是男是女？"

女人得意扬扬："是男孩！快看！"她粗鲁地把孩子推

向丈夫。船老大笑得连眼睛都看不见了，他凑近打量，细细端详，欣喜若狂："你真了不起！我后继有人啦！"夫妻二人笑眯眯地望着孩子说着话，好像完全忘了我们还杵在一旁……

在回家的路上，我们碰到了满身是泥的阿三他们。男孩们开心地向我们展示今天的收获——泥鳅、鲫鱼、鲍鱼、鳠鱼①，还自豪地说今晚加餐了，就吃这些！

五郎说："给小都一点吧，这个鲫鱼，腌一下再烤着吃，可美味啦！"但是我不清楚婶婶愿不愿意吃鲫鱼，就接受了五条泥鳅。因为泥鳅可以一直活着，我打算把它们放生到院子的池塘里。

第二天，我们又去看望婴儿了。船老大老婆正在船舷上洗东西呢，她看到我们来了，笑眯眯地向我们点头致谢："昨天真是给你们添了很多麻烦！"听到声音，船老大也从船舱里探出了头："来得正好！你们都在学校里学了很多知识，你们听听，取名叫利根一怎么样？不难听吧？"

我们被猝不及防地这么一问，全都茫然地站在原地。见我们不吭声，船老大便大步流星地走到我们身边："哎呀，就是小宝宝的名字啊。这条船每年都去利根川，叫利

---

① 鳠鱼，鳠科鱼类的通称，生活在淡水中。

根丸 ①。他是我的长子，所以我就想给他取名利根一。"

船老大觉得我们这些上过学的孩子什么都懂，可我们没在学校学过这些东西呀，根本不知道怎么回答。不过，我自己觉得利根一这个名字很可爱，是个好名字，于是回答道："这名字很好啊，很可爱。"

"好，那就这么定啦！我们今天傍晚必须要往下游去了，估计后面见不到啦。你们真是帮了我们很大的忙啊！"

虽然他们夫妻俩没有再说谢谢什么的，但我们完全理解。我们还每人拿出两钱 ②，凑在一起，到村里的杂货店给利根一买了个玩具，傍晚带去为他们一家送行。

船老大猛地往河里一撑竹竿，船笔直地离开了河岸。女人把头发盘成一圈，朝我们开心地大笑，还摇晃着背在背上的利根一："再见啦！我们还会回来的！"

我们挥着手，回应着："再见啦！再见！小弟弟，一定要回来啊！"

船入了海，船老大扔下竹竿，换了橹划起来。女人把满是补丁的船帆打开了一半，又朝我们挥起了手。于是，载着小利根一的利根丸，在八月的暮霭中渐行渐远，最终消失在遥远的天边。

---

① 丸，日本船常用的名称后缀。
② 钱，日本过去的货币单位，一百钱合一日元。

阿新哥

整个暑假，我常去家后面的小西川游泳。虽然以前每年都会去镰仓，也算会游泳，但我还从没在河里游过，刚开始心里有些没底。

记得那天，阿金她们来家里邀请我，我正准备出门，叔叔正巧从办公室回来。他赶忙问正在给我递毛巾的阿茂："我说，一起去的都是孩子，连个大人都没有，不危险吗？"

阿茂望着妹妹，自豪又干脆："先生，您放心，没问题的。只要有阿金陪着，绝对没有问题！"[①] 阿金就是这么精通水性，不仅在我们女孩子当中，甚至在男孩子中也难逢对手。我也跟着阿金，开始重新练习游泳技巧。

有一天，阿金对我说："不过，就算是我，也完全不是

———
① 单独去水边玩耍很容易出事故，每年暑假都有孩子溺水身亡的事故发生，切不可模仿。

我家阿新哥的对手。阿新哥就算在暴风雨里也能横渡利根川呢！他说最近太热了，总在中午吃便当前来河里游泳。今天我们等到工厂中午鸣笛，亲眼见识一下他的厉害吧！"

汽笛声响了不一会儿，阿金的哥哥阿新就真的来了。阿新三下五除二脱掉了满是油污的工作服，矫健地跳进了河里。

不愧是阿金的骄傲，阿新游泳确实太厉害了。所有的男孩女孩在河里把阿新围在中间，每个人都努力地想要抓到他，但他要么潜进水里，要么灵活地避开，始终没有一个人能抓到他。正玩得起劲，有人来叫自家孩子去吃午饭，只能玩到这了。

从第二天开始，我们绝不会忘记在午休时间一起游泳。戏水时间只有宝贵的十五到二十分钟，一眨眼的工夫就过去了。而且我和其他人不一样，回家吃饭是绝不能迟到的。每次阿新刚到，我就必须一个人先回家了。但这短暂的时光，对我们来说，是多么无忧无虑，多么令人充满期待啊！

每个孩子都很快和阿新亲近了起来，阿新也像大家的大哥哥一样。阿新比阿金大四岁，今年十六岁。他不仅个子高、力气大，而且在兄弟姐妹里也最有能力。所以，就算阿金总是把炫耀的话挂在嘴边："像我家阿新这样的好哥哥，在谁家都找不到！"也没有任何人有意见。

看着阿金为哥哥感到如此自豪，我内心对她无比羡慕，我经常会想：如果我也有这么好的哥哥，那该有多好啊！那样我就不再是孤身一人了，哥哥也一定会像阿新疼爱阿金和阿三那样，疼爱我吧！

在河里跟大家嬉笑打闹后回家，我就更加觉得叔叔家过于安静和寂寥了。尤其是当婶婶心情不好的时候，用人房里也没了笑声，整个家就像一座寂静的森林。正因如此，有天晚上，当婶婶说想从她东京的亲哥哥那儿收养一个孩子时，我的心激动得都快跳出来了。这个孩子如果比我小，我就陪他玩；如果比我大，我就有哥哥或姐姐了！我充满期待地继续听下去。

可是，叔叔并没有马上回应，一直在拨弄着鱼刺，沉默了半晌，终于开了口："收养……你到底要带谁回来啊？"叔叔的语气很平静，但婶婶还是敏感地察觉到了他话语中的不满，皱起了眉头："你要是不愿意那就算了！反正你是肯定不会喜欢我侄子的。"尽管嘴上这么说，但婶婶心里一定不会轻易"算了"。她观察着叔叔的态度，发现叔叔一直沉默，什么都不说。"到底哪里让你不满意了？你为什么不开心？我希望你能跟我说明白。"婶婶放下了手中的筷子。

"我没不满意，我只是问你想收养谁。如果你带回来的孩子太小，什么都不懂，那你照顾他可要花很多的心血，那你就太辛苦了啊！"

"你才不是这么想的！你怎么想，我最清楚。是你自己不愿意，是你不满我这么做。你这点儿心思，我还不知道？你还把责任往我身上推。"

"你要这么说，那就按你说的做吧，随你怎么想。我只是担心你身子这么弱，根本没有余力再照顾孩子……"叔叔的话还没说完，就被婶婶尖利的嗓音打断了："你要真这么想，那你当时为什么不拒绝小都？小都也是孩子，而且她可比正昭还要小两岁呢！"

突然被叫到了名字，我在一旁不知所措，胸口像被堵住了一样。叔叔的声音马上响了起来，但充满了怜爱："敏子，你说话注意点分寸。小都能和别的孩子一样吗？小都和谁都不一样！"

我知道，叔叔这么说，是为了照顾我的感受，不想让我难堪。但这么说在婶婶那里是行不通的，只会激怒她，婶婶立马变了脸色："不一样，你承认了吧！只有小都不一样！反正小都跟我侄子是没法比的！……"叔叔连忙阻止婶婶继续往下说。

看到叔叔这么护着我，我实在不忍心，趁着吃完了饭，默默离开了座位，走到厨房去喝大麦茶。阿茂走过来搂住了我的肩膀，低声在我耳边说："夫人又发脾气了，这对你也是灾难。不过过一会儿她自己就好了。你去阿金那里玩一会儿吧，等夫人不生气了，我就去接你回来。"我咬着嘴唇点点头，在便门①的玄关换上草鞋走了出去。

叔叔家是厂长住宅，建在高处，站在门口的柳树下，能把工厂一带一览无余。下方最醒目的是阿金她们所居住的职工长屋②，屋檐绵延起伏，就像一列列细细长长的火车，窗子里已经星星点点地闪烁起了光亮。此时此刻，这些寻常人家的微弱灯火，在无依无靠的我的眼里，看起来是那么温馨和快乐，尤其是阿金她们家，即使离得这么远，我却觉得是那么幸福。下班回来的爸爸、哥哥，忙着准备晚餐的妈妈，淘气的弟弟，可爱的妹妹，还有被家人们围绕的阿金，他们现在一定在欢声笑语中吃着晚饭吧！

这份羡慕，让我迟迟迈不开去阿金家的脚步。他们全家人一定会非常热情地欢迎我，但也正因如此，反而会让我感到深入骨髓的孤单和寂寞。

我转过身，跑进了家门，下意识地走到了自己房间

---

① 便门，正门之外的小门，主要是为了方便家人日常出入。
② 长屋，日式长排、联排房屋。一栋房子中有几家住户共用一面墙壁，但各有各的出入口。

的前面。在我的房间前面，是婶婶前段时间给我的小院子，我从很多地方收集了很多种子，在这里种下了很多花花草草，它们在夕阳下摇摆着浅色的花朵，散发出阵阵幽香。我回想起给我院子那天的婶婶——彼时充满了慈爱的婶婶。婶婶究竟是喜欢我，还是讨厌我呢？想想这段日子，我感觉婶婶也不是那么讨厌我。但今天又是因为我，叔叔和婶婶再次发生了争吵。

我该怎么办呢？婶婶变成这样全是因为生病吧，只要她心情恢复了，还会像给我院子那次一样，又变回温柔的婶婶了吧？

我当时十二岁，无法看透人们的心思。对我来说，婶婶的心情真是难以琢磨。我站在那里，心思飘忽，突然特别思念起妈妈来，甚至想张开双手大声呼喊："妈妈，妈妈！我想去你那儿！"泪水不觉就涌了出来，我赶紧捂住眼睛。

突然，我听到有脚步声过来，赶紧擦掉眼泪站了起来，还没站稳就被一把抱住了，这个拥抱温柔又坚定。"小都，你刚在做什么呢？"原来是叔叔，一听到叔叔的声音，我的眼眶又红了，一下子说不出话来。

"我刚刚不知道你去了哪里，很担心你。不管婶婶说了什么，你都不能放在心上啊。小都，你父亲把他最珍视的宝贝女儿托付给了我！你也是叔叔最重要的孩子！其实，婶婶也并没有不喜欢你，即使你心里不开心，也别把这些放在心上。今后正昭要来了，你要和他好好相处啊。正昭虽说比你大两岁，但他被宠坏了，是个不懂事的臭小子。"

我默默点了点头，但不知为何，一股委屈突然涌上心头，我忍不住放声大哭。我紧紧地抱住叔叔抽泣，倚靠在他胸前，拼命地一遍遍地重复着："叔叔，婶婶其实是一个特别温柔的好人！她是个好人！……"

过了四五天，婶婶动身去东京接正昭回来。她看起来心情特别好，还答应给我带东京的特产回来。在婶婶去东京的这段日子里，我的暑假也悄无声息地结束了。

任性男孩

开学后过了两三天，在我上课时，老师接到了叔叔打来的电话，让我去办公室接听。

"是小都吧？婶婶说今天要带正昭回来，但叔叔现在太忙了抽不出身，你替我去车站接他们吧。我会派轿车去车站接你们回来的。你去接的话，婶婶一定会很开心的。"

叔叔说火车三点半抵达，老师批准了我带着歉意的请求——最后一节课早走十五分钟。不过，最后一节课是裁缝课，所以早退十五分钟也不影响。

我并不知道从学校到车站的路，于是我就问阿金。阿金说："都是弯弯曲曲的山路，我跟你也说不清楚。倒不如我直接陪你去吧！你一个人去我也不放心。"尽管我赶忙说"不用，不用……"，但她似乎并没有在意，还是热心地陪我早退，一起去了车站。

任性男孩

从学校到车站有二十町^①的距离，我们想着千万不能迟到，就拼了命地跑，以至于还提前了十分钟抵达。

车站的候车室里，我和阿金静静地等待火车的到来。我感觉时间过得太慢，就掏出了沙袋，两个人抛起了沙袋，一玩起来，时间一晃而过。

"列车马上进站。"年轻的站务员说完就跑到了检票口，我们也跟着去了。下行的离京列车^②发出"嗡——"的轰鸣声，驶入站台。乘客们纷纷检票下车，四散走出站台。

我一眼就看到了正昭，一个高个子、瘦削又孱弱的少年。正昭跟在婶婶后面准备出站，阿金在我耳边低声说："怎么觉得像个女孩子！"

果然如叔叔预料的那样，我去车站接他们让婶婶很开心。她笑容满面地走到我的身边："你能来接我，我可真开心！你自己来的吗？"

"不是，我和阿金一起来的。因为我不认识路。"我回过头，望向退到路边的阿金。阿金沉默着向婶婶鞠躬问好。

正昭问道："这是哪里的孩子？"

"这是我的好朋友，我们每天结伴去学校。"

正昭摆出一副嫌弃的表情，再一次望向阿金："你跟这

---

① 町，日本的一种长度单位，1 町约为 109.09 米，20 町为 2 千米多。
② 在日本，列车朝着首都的方向行驶，叫作上行；列车行驶方向和上行相反叫作下行。因此，下行的列车也叫作离京列车。

种孩子一起玩？工厂里就只有这种孩子吗？就跟采矿工一样，浑身脏兮兮的！"

我被气得说不出话来，真想直接说："你又不是我的朋友，要你多管闲事！"但这毕竟是初次见面，婶婶还在旁边呢，我忍住没说话。

叔叔从工厂派来接我们的轿车已经到了。婶婶和正昭上了车，我边上车边回头喊阿金："你也上来呀。"阿金正准备上车，正昭却大喊："她要是上来，我的行李就没地方放了！"

"您的行李可以放在我旁边的副驾驶上。"司机接话道。

"我不要！我想放在我自己身边！里面都是我的宝贝呢！"

我忍不住开口："就算是放了行李，也还能坐下一个人。"

"但我不喜欢坐得太挤！我都说了，我行李里的大件，已经放我旁边了。"

这时，婶婶说话了："那孩子可以走路回去的吧？"

啊？婶婶不但不阻止，反而还让我最好的朋友、热心地陪我跑了一路的阿金一个人走回家！想到这，我再也忍不下去，"腾"地一下站了起来："那我也跟阿金一起走回家。"

"小都，你不是来接我们的吗？"我正准备下车，耳边却响起了婶婶刺耳的声音。

"但是，婶婶，她可是我的好朋友啊！"我难过得都不知道该说什么了，只觉得眼眶发热。我下车会惹婶婶生气，可我又怎么能让阿金一个人顶着最毒的太阳走回家，而自己却坐轿车回去呢？刚才可是阿金特意带着不认路的我，一路跑过来的啊！我眼里涌出的泪水粘在了睫毛上，人还保持着将要下车的姿势。

"没事啊，多远她都能走回去。毕竟那孩子总是靠腿走路的嘛。喂！你就自己走回去，我们先走啦。谢谢哦！"婶婶漫不经心地对车外的阿金道了谢，"砰"的一声关上了车门。

轿车启动了，我被惯性带着坐回了座位，但阿金踉跄的身影和欲言又止的样子却深深地印在了我的脑海里。我心中一直喊着"阿金，阿金！"，一次次地回头望去。第二次回头，我清晰地看到阿金跑了起来，似乎想要追上我们的车子。再回头，她的身影已经变得很小很小，最终被房子挡住，再也看不见了。

轿车按照来时的路疾驰着。我刚来的时候，这里是春天，现在已经是夏天了。不同的时节有着不同的景色。正昭第一次看到这迷人的乡间风光，和当时的我一样，看什么都觉得稀奇。他一边兴奋地用手指着窗外，一边兴致勃勃地问这问那，我却完全没心情搭理他。阿金现在走到哪里了？应该已经离开镇子了吧？我打心底里厌恶起正昭来。

这家伙却根本没把这件事放在心上，既不觉得自己刁难了人，也不会考虑别人会因此多么不开心，竟然一脸的心安理得！我看到他这副模样，心想：真是个被宠坏的男孩，任性！

一到家，我就想马上去阿金回来的路上等着，我必须要为此向阿金道歉才行，却怎么也找不到出去的机会——已经到吃晚饭的时间了。好不容易吃完饭准备起身，婶婶却说话了："小都，你带正昭去河边纳凉吧。"于是，我只好和正昭朝小西桥方向走去。

走到桥边，正好看到阿金和阿新、阿三也来纳凉了，我赶紧丢下正昭，急急忙忙地朝三人跑去。

"对不起啊！阿金。我没带上你就回去了，真的对不起！对不起！我真是太抱歉了！都不知道说什么才好。"我满怀歉意，但道歉根本不能表达我心里的歉意。可阿金却不以为意地说："没事，根本不用道歉啦。因为这不是你的错，你的心情我能理解。"

"但是……"

"是啊，根本就不是你的错，所以你不用放在心上。"

阿新也在一旁安慰我，然后生气地回头看着正昭，"不过，那家伙，可真讨厌啊。以后小都一定会被这个任性的家伙欺负。别怕，到那时我可不会饶了他！"

我回过头。正昭毫不知情，呆呆地站着等我。

大约过了一个星期，正昭转学到初中去了。因为实在没办法步行去镇上上学，叔叔就让他每天早上搭乘从工厂到小镇运砖的货运列车——坐在驾驶室里——去上学。于是，当我们步行去学校时，那辆总是比我们晚出工厂的列车，都会超过我们，驶向前面的小镇。

正昭的房间就是以前那间六张榻榻米大小的屋子。去上学之前，正昭的在东京新做的各种家具都被搬了进去：镶着花边的窗帘，花纹精巧的蓝灰色地毯，涂着白漆的小书桌和成套搭配好的白漆椅子——椅子上还带着灰色天鹅绒的装饰，还有一盏煤油灯形状的小台灯。经过这么一番装饰，这个房间像是获得了重生，变得富丽堂皇。

我瞥了一眼正昭的房间，婶婶突然在我身后对我说："小都，等你能上女子中学①的时候，我也给你买。正昭毕竟已经是初中生了。"

---

① 女子中学，19世纪末至第二次世界大战结束前，日本施行男女分校制。小学时男女同校，但尽量在分班时将男女生分开，到了初中及以上则分校。

虽然婶婶这么说，但我早已喜欢上了自己的小房间，所以并不觉得羡慕。就连房间里墙上的污迹，我都觉得是爸爸妈妈的笑脸，这让我感到特别开心。

慢慢地，我发现正昭并不像我最初想象的那样霸道顽劣。只是因为他被家人娇惯着长大，所以想法、说话，都养成了不会为他人考虑的习惯。而且，正昭的任性只针对家里地位比他更低的人，一个人在外面，他就会变得相当软弱胆小。他在工厂里没有朋友，也不想一个人出去玩，只把我当成玩伴，希望我只待在家陪他一个人玩。每次我要出门，他一定会说我朋友的坏话："你要去职工长屋玩……那些家伙太脏了，会把跳蚤传给你的。"说的时候还总是一脸不屑。

随便他怎么说，我毫不在乎。于是他又会生气地继续说："你总是和那些奇怪的家伙交朋友。"阿金、小美、小仓——我所有的好朋友他都讨厌。他最讨厌的是阿新，总是说他的坏话，也不知道是为什么。要知道，正昭从来没有和阿新说过话，顶多我跟他聊起阿新游泳很厉害罢了。

洪水过后

一到九月初，暴风雨就会肆虐成灾。和利根川同源的小西川河水暴涨，河水进一步冲破堤坝，导致工厂一带全都陷入洪水之中，这也是常有的事。

今年也一样。十月，可怕的暴风雨又来袭了。之前连续下了很久的雨，大家以为堤坝很安全，没想到一夜之间三道堤坝接连被冲破，洪水凶猛地涌进了工厂一带。

工厂在浑浊的洪水中整整泡了两天，唯一能用的井只剩下高地上叔叔家里的了。运送赈灾粮食的船只穿梭往返于家家户户的客厅——门窗都被拆掉了。叔叔也为此在工厂里待了整整两天。

对我和正昭来说，这是有生以来第一次遭遇洪水，洪水期间的不安是无法用语言形容的。刺耳的警钟声"铛铛铛铛"地响个不停，远处传来人们的叫喊声，更远处还有星星点点的灯笼在不停地晃来晃去，这一切都让人感到恐惧，仿佛世界末日即将来临。不过也正因此，洪水退去带给我们的喜悦，也比其他人多了一倍。

第三天早上，我抬头望着晴朗的蓝天，低头看到洪水渐渐退去，我兴奋得想拥抱所有人！当天傍晚，听说洪水已经全部退去，我和婶婶、正昭三人去看河水。虽说洪水退去了，但河里满是污水。一团团黑乎乎的像脏海绵一样的泡沫，在浊水的裹挟下流走了。不时还会漂来一些上游人家被冲走的碗，混杂着木片、草屑。两个月前游泳时的那条清澈的河流已经不见了，小西桥的桥拱都还泡在水里。

我抓着栏杆，望着河水，突然感觉河水没动，反而是桥像船一样在飞速前进。我觉得有趣，正想告诉正昭，却不见了他的踪影。

"哎呀，到哪儿去了？"

我这么一说，婶婶也反应过来了："真的呢，正昭不见了，他去哪儿了？"

婶婶一脸担心，环视四周，可哪里也看不到正昭的身影。我试着喊了几声，却没有任何回应。婶婶忐忑不安地嘀咕着："要是去了人少的地方就太危险了，到底去哪里了？"

这时，突然听到下游有人在喊："喂——有个孩子掉河里了，快来人啊！"

"难道是正昭？"我连忙跑过去，婶婶也赶忙跟着朝喊叫的方向跑去。

天色渐渐暗了，只有路上才有点光亮，马路上还覆盖着一层洪水留下的烂泥，让人心慌慌的。当我们赶到时，那边已经聚集了好几个人，吵吵嚷嚷的。婶婶屏住呼吸，赶忙问道："是谁家的孩子？谁家的孩子？"

一个农民打扮的人回答说："啊，俺们听到有人掉河里的声音，吓了一跳，赶紧喊人。"

"他的头在那里，——快点，一会被冲走了！"

"有船吗？船……"

"有会游泳的吗？"

"笨蛋，会游泳有什么用？这么大的洪水，谁下去都得淹死！"

大家的声音吵吵嚷嚷，乱作一团。

"啊，被冲到那么低的地方去了。啊，又看不见了！到入海口了，完了！"

听到这，婶婶像发疯一样狂喊："正昭，正昭！"

就在这千钧一发之际，不远处的下游传来了"扑通"一声响，好像有人跳进了河里。

"太好了！有人来救他了。"

"谁啊？——是谁？"

"要命，那人会有生命危险的！"

大家又吵吵嚷嚷地朝着跳水的方向跑去。再看跳入河中的那个人，身影很快就消失了，但又很快浮了起来……不久，他又朝河岸游来，昏暗中只能看到模糊的黑影。

"啊，得救了，得救了！这家伙真了不起啊！他过不来这里，好像要爬到那边的木桩上去了。——喂，大家快把篝火烧起来！"

大家又吵吵嚷嚷地跑向那边，我们也跟在后面跑了过去。我踉踉跄跄地跑着，努力平复怦怦直跳的心。拨开人群，我看到了刚刚上岸的那个人。"啊，是阿新！"阿新怀里抱着的，正是精疲力竭、像死了一样的正昭。

是金子总会发光

正昭之所以落水，是因为他当时站在了河岸边，岸边的泥土因洪水的冲刷变得松动，承受不住正昭的重量就塌了。正昭被救上来后，大家立刻拍打他的背，让他把脏水吐出来，还用篝火给他取暖，等他恢复知觉后又马上把他背回了家，他的小命总算是保住了。之后的几天，正昭卧床不起。婶婶也因此大受惊吓，一回家就病恹恹的，躺在床上起不来了。

当天晚上，叔叔只能带我去阿新家道谢了。叔叔冷不丁地造访，让阿新一家很是紧张。阿新似乎已经忘记了自己刚救了个人，正没事人一样在帮阿金复习功课。叔叔对眼前的情景目瞪口呆，发自心底地不住赞叹。再三表达感谢之后，叔叔问了阿新的年纪、工作单位、工作任务等许多问题。叔叔走出屋子后，长舒了一口气，自言自语道："他和正昭只差两岁啊，这样的孩子我也想要！"

我不知该如何回答。的确，没有孩子的叔叔——更因为只要叔叔开口，正昭就会成为他的养子——心里自然会把这两个孩子拿来比较，这样的感叹也是情不自禁吧。叔叔还在思考着什么，盯着鞋尖一言不发。走了一会儿，叔叔把温暖的大手搭在了我的肩膀上："小都，我们去那边走走再回家吧。"

"嗯……不过婶婶还在等着我们。"我本来很高兴能和叔叔一起在外面散步，但一想到婶婶还在不舒服地躺着，不赶快回去的话，婶婶应该会很孤单。

"嗯。不过，今晚不知为什么，很想和小都一起在外面走走，我们就走到桥那边看看吧。今天正昭出了这么大的事，小都也累坏了吧。"

"不累。"我觉得叔叔的手特别温暖，这一丝温暖甚至渗进了身体，我也忍不住想对叔叔说些什么，"叔叔……"

叔叔突然把我紧紧抱住，眼睛却还是一直盯着鞋尖："这么抱着你，就感觉你真的是我的女儿了。我以前常常跟你说，'要不要做叔叔的孩子？'你真来了我家，我们俩却从来没有这样单独散步过。"

的确如此，在家里，我和叔叔从没有过单独的谈话。但是，我明白这并不是叔叔在刻意回避。

我还是不知道该如何回答……不知不觉间，我们走到了桥边，叔叔停下了脚步，凝视着水面上新月的倒影，一言不发。

突然，他转过身，对我说："我们回去吧。"回家的路上，叔叔也是默默无语。然而，在这一片沉默之中，在我这个小孩子的心中，已经听到了叔叔想对我诉说的千言万语。

回到家后，婶婶说："你们好悠闲啊，去阿茂家了？"

"嗯。"叔叔没有多说，而是关心起婶婶的身体。他坐在婶婶的枕边问："你感觉怎么样了？"

"还有些头晕，可能受惊过度了吧。"

"阿茂的弟弟——阿新，可真是个勇于助人的好孩子，要不是他，现在我们应该已经在找正昭的尸体了。"

婶婶没有吭声。

第二天早上，正昭稍稍恢复了些精神。我说起是阿新救了他："大家都说阿新能在洪水里救出只比自己小两岁的男孩，真是个厉害的游泳健将！还好你碰到的是阿新，你真是太幸运了！"

"被那家伙救，还说我运气好？我最讨厌他了！现在连你都那么佩服他，表扬他。"正昭愤愤地把枕边的药瓶朝拉门扔去。

等能下床了，叔叔让正昭去阿新那里道谢，他一脸的不情愿，但又不能对叔叔说自己不愿意去。于是，他一直在家里磨蹭，磨蹭到叔叔都去了办公室。叔叔走后，他嘟嘟囔囔地说："又不是我求他救我的，难道不是他自己来救我的吗？"他估计是希望婶婶能说："你要是那么不想去，那就别去了。"但是，婶婶却什么也没说。所以最后他还是不情不愿地出了门，看起来非常不甘心，连我都有点同情他了。

从那天晚上开始，叔叔注意到了阿新，每次一见到阿茂，他就会说："你弟弟真是个好孩子。能有这么好的孩子，你父亲真是全日本最幸福的父亲！"后来，他想让阿新到自己手下工作，阿新却说想继续留在发电机房，叔叔就更喜欢阿新了。

"那我来教你英语和数学，你每天下班之后来我家吧。"于是，叔叔每天晚上都把阿新叫到自己的书房补习功课。这让好学的阿新非常高兴，不管下班多晚，他都从不缺席，每天都很准时。我有时会端茶去书房，看到叔叔和他头挨着头在一张桌子上学习，看起来就像一对真正的父子。

"他很聪明，真应该让他好好学习才对。"每次阿新抱着书回去后，叔叔总是这么自言自语地嘟囔着。不过，这些事对婶婶来说无疑是不愉快的。她不满地说："你只管辅导别人家的孩子，对自己家的孩子却一点都不上心。只要你肯下点功夫在正昭身上，他的成绩一定会好起来的。"

从那之后，正昭也开始跟阿新一起，每天跟叔叔学习一个小时的英语和数学。但是，这对正昭来说似乎是件麻烦事。再说了，一旦两个人在一起学习，难免会被比较，结果叔叔的心越来越向阿新倾斜了。

可怜的正昭……

由喜转悲

一直到现在，我还清晰地记得那天是十一月三日。那天，天气很好，我参加完学校的典礼回家，看到婶婶罕见地和叔叔坐在走廊的向阳处，开心地望着花盆里的菊花，她用从没有过的开心语调对我说："小都，我有一件能让你特别特别开心的事要告诉你哦！你猜是什么事？"

婶婶准备了丰盛的饭菜？还是买到了她说要给我买的蔷薇花幼苗？还是妈妈给我来信了？我把这些想法一一说了出来，但我每说一件，婶婶就摇一次头，表情像是在说"才不是那么无聊的事呢"。

"这些可都比不上。是能让你更开心、更开心的事！你要真猜不出来，那我就告诉你吧！——我可真是服你了啦！"婶婶故意开我的玩笑，最后才告诉我：东京的妈妈——我最喜欢、最喜欢的妈妈——将要在四五天之内来乡下见我！

"哇！妈妈！真的吗？"我高兴得忘记了呼吸，赶忙追问。倒不是觉得婶婶是在骗我，而是欣喜若狂，觉得自己像是在做梦一样。

"当然是真的啦。你看，这就是你妈妈的信。说是七号过来，也就还有四五天了，开心吧？你妈妈还说，等确切的时间定下来还会给我们发电报。"

"哇！"我想要控制自己不过于失态，但是根本做不到。

"看来你接下来每天都要倒计时了，会很煎熬吧！"叔叔看着我的笑脸也一样开心，"你来看看这封信吧，看了信之后就都知道了。你妈妈突然决定要去法国了，但这么一来，就会有一段时间见不到小都了，所以她说要在分别之前来看看你。她这次来了的话，一定会使劲地宠着你吧。"

"去法国？"因为太过吃惊，我又一次喘不过气来，"啊？妈妈要去法国，完了……"我在心里大喊："不要去，不要去，不要去！"眼眶一下子就红了，大颗大颗的眼泪扑簌簌地掉了下来。我不好意思让人看到我哭，转过身自言自语："如果是因为这样才来看我的，那我宁愿妈妈不要来……"

叔叔看我这样，就轻轻拍了拍我的肩膀，鼓励我："哎

呀，小都，你先看看你妈妈的信吧。这是她深思熟虑之后
才做的决定。信上也写了——虽然会暂时相隔很远，彼此
都会很失落，但你妈妈认为去法国两三年，就能更快和你
生活在一起。所以，才做了这个决定。"

婶婶对叔叔说："总子真是很宠爱小都啊！与其到那么
远的地方去学什么裁缝，还不如结婚更好呢。不是听说有
很多特别优秀的人都在追求她吗？"

"唉，还不到一年啊。而且，对总子来说，竹下是她
一辈子的丈夫，小都也是她真正意义上的女儿。不管过了
多少年，她对他们的感情都不会变。我看着总子和小都在
一起的样子，真心觉得真正的母女并不在于是不是亲生
的——因为，只是生了孩子，不代表就能当母亲。"

"有这样的好妈妈，小都可真幸福啊！"

"嗯，要说幸福确实是幸福。可如果总子没有这么好
的性子，能被所有人都喜欢的话，那对有钱的法国夫妇肯
定也不会开口说要把她带回国吧。所以，从这一点来看，
也是一种不幸啊，是吧，小都？"叔叔像跟我开玩笑似的，
又轻轻地拍了拍我的肩膀。

如同叔叔和婶婶说的，事实就是这样：妈妈被一家法
国人雇去工作。这家人有一家有钱的亲戚——一对老夫
妇——在环游世界的途中，顺道来日本看望亲友。在妈妈

给这对老夫妇做导游的过程中，他俩彻底喜欢上了她，说什么都要带着妈妈一起去法国，甚至还说如果可以的话，希望认她做养女——听说，妈妈婉言谢绝了。但作为补偿，她同意随两位老人一起去法国，并希望他们允许她在那边学习两三年裁缝。而且，突然决定离开，也完全是因为老两口希望在圣诞节前回到巴黎的家，妈妈自己也从没想过会突然和我离那么远。

"没事啦，两三年一转眼就过去了。小都你来我们家不是也已经半年多了吗？"叔叔安慰我。

可是，如果妈妈住在东京，我想见她的话，也不是不能去见；她想来看我，也随时可以来。这样，我还能熬一熬。但一下子要让我和妈妈相隔广阔的大海和遥远的陆地生活两三年，这对我来说，比一辈子还要长、还要长……

妈妈来看我，我真开心，可是……说实话，我有时也会暂时忘记即将要和妈妈分别两三年，仍然每天翘首盼望着妈妈的电报。只要还没见到妈妈，骨肉分离的生活就距我尚远。

妈妈来信后的第二天，姊姊打了个电话到镇上，随后，家里收到了很多家具：和正昭那张很像的花纹地毯、小桌子和小椅子、撑着粉色丝绸小伞的漂亮台灯。我高兴得快要跳起来了："婶婶，我还没上女子中学，您就给我买了吗？妈妈看到我有这么漂亮的房间，一定别提有多高兴了！"

房间变漂亮之后，只有一点让我感到遗憾——原本脏脏的墙壁都被铃兰花纹的壁纸盖住了，那块看起来很像爸爸和妈妈脸的污迹再也看不见了。我现在特别喜欢这块污迹，学习的时候望它一眼，我就会觉得身上注满了力量。觉得遗憾也是因为我前一晚还在给妈妈的回信里骄傲地说，等她来了，我要给她亲眼看看这块污迹。

结果等我放学回家，我的房间就全部贴好了壁纸，我惊讶地脱口而出："啊！太可惜了。我还跟妈妈约好了，要给她看那块污迹呢。"听到这话，婶婶马上沉下脸来，尖厉地说："小都，你一个小孩子怎么这么多的心眼呢？你要是再这样什么都跟你妈妈说的话，我以后也没法照顾你了。记住我的话！"说完，婶婶猛地扭头离开了，留下我一个人怔在原地，望着婶婶的背影不知所措。为什么婶婶会突然发这么大的火？我完全摸不着头脑。我只是想让妈妈亲眼看看那块很像她的脸庞的污迹——那块给我增加了无穷动力的污迹罢了。

"七日，两点到——总子。"这通电报是在那天中午发来的，我从学校回家后才知道这事（听说婶婶打电话到学校想通知我，但因为是星期六①，所以我还是等到放学后才知道），但马上做好了准备，一个人坐进了去接她的轿车。正昭也来到了车站，他是从学校来代替婶婶接车的。

和妈妈见面时的欣喜若狂，我实在无法用语言描述出来。一看到妈妈，我就完全忘了身边的正昭，一下子扑了上去。

"啊呀，啊呀！"妈妈吓了一大跳，被我扑得踉踉跄跄，但又马上拉过我，紧紧抱住了我，"啊，小都，我终于见到你了！"

妈妈的眼里闪烁着泪光，看到这，我的心情一下子从喜悦的顶峰坠到了悲伤的谷底。

妈妈，为什么妈妈要去那么远的地方呢？

---

① 在过去，日本中小学周一到周六上课，周日休息一天。

骨肉离别

叔叔全家都做好了迎接妈妈的准备，婶婶甚至去大门口迎候。妈妈和婶婶是第一次见面，寒暄了很久，我趁这空当儿，一蹦一跳地跑进了厨房，对阿茂说："快看，快看！这就是我妈妈！"

阿茂赞叹道："太漂亮了，简直是日本第一漂亮的妈妈！你桌上摆放着她的照片，我每天都能看到，但是本人可远比照片美多了！难怪你这么自豪啊！"

我听后心满意足，又回到了妈妈那儿。妈妈在这儿短住期间，婶婶给她安排了一间八张榻榻米大小的屋子。等妈妈换好了衣服，我便带她去我的房间。

"哎呀，真是个漂亮的好房间。你能被这样款待，可真幸福啊！"妈妈开心地环视四周，"你说的那块很像妈妈脸的污迹在哪儿啊？"

果然，妈妈一直很期待看到它。一想到这，我心里就觉得非常可惜。

"已经没有了，因为已经被壁纸给盖住了……"

"可是，前天我收到你的信，上面明明写了要给我看呀。"

"妈妈，因为那时候壁纸还没贴上去呢。"

"这样吗？"妈妈像是在自言自语，声音低到几乎快听不见了，只是怔怔地盯着房间里的新家具，一言不发。

半晌，她才轻轻抚摸着我的头发，一字一句地对我说："小都，等妈妈回来，我们就能像原来一样一起生活了。都怪妈妈没用，现在连和小都一起生活的能力都没有。但是，只要妈妈去了法国，回来一定会脱胎换骨！之所以要去那么远的地方，也是因为想要获得和你一起生活的力量。我们要感谢叔叔和婶婶这么宠爱你，你要坚强地等待妈妈回来啊！"

听着妈妈的话，我的眼泪不知为何就流了出来。我把脸贴在妈妈怀里，止不住地抽泣。但这绝不是因为对现在的生活感到悲伤——这么久才见到亲爱的妈妈，一想到马上就要分别，不管是谁，一定都会一听到妈妈的声音就情不自禁地流泪吧。

第二天中午，妈妈去见了阿金。阿金一反常态，腼腆得说不出话来。妈妈早就知道我和她的关系很好，反复嘱托了好几遍："小都没有姐妹，麻烦你今后继续跟她好好相处呀。"妈妈给阿金的礼物是一支和我一样的钢笔，还有日记本和笔筒。其中，日记本和笔筒送了跟我一起上学的小伙伴一人一份。妈妈给正昭的礼物也是同样的钢笔，以及一把折叠小刀，刀柄是银制的，上面还雕刻着藤蔓花纹。

阿金要回去的时候，妈妈对她说："请把这个带回家吧。"妈妈拿出装有点心、佃煮[①]等食物的饭盒让她带回去。为此，阿金的父亲还特意在傍晚过来道谢，但可惜当时我们正在洗澡，所以没能见上面。不过阿茂说："我爹可开心啦。他还说要把这些美食留到过年的时候再吃呢。"

我以为妈妈会一直陪在我身边，直到坐船出发的那天。当我得知下周一妈妈就要回东京以便提前为去法国做些准备时，我一下子蒙了，满脸失望："啊？妈妈，这么早就要回去啊！"

"因为妈妈不只是需要准备自己的行李。如果只是我的行李，那对要带我去法国的老夫妇会让我在这再多待一阵的。但我还要帮他们买东西、收拾行李……"妈妈无奈地苦笑道。

---

① 佃煮，因最初在江户佃岛制作而得名。以酱油、料酒、糖将鱼虾、贝类、海藻等煮成的味道浓重的一种海鲜食品。

确实，妈妈并不是自己一个人"奢侈"地出国。况且，即使那对法国老夫妇人再好，只要是为外国人工作——特别是有钱人家的老人工作——就必须要注意各种细节，加倍小心。我也只能默默地咬紧嘴唇，点了点头。

那天晚上我和妈妈睡在一张床上，唉，我有多久没有和妈妈一起睡觉了——但仅限两晚，后面很久很久都不能有这样的时光了。妈妈对我说："小都，你受别人家的照顾，有时也许会感到很难过吧。但你一定不能觉得自己很不幸。因为你叔叔婶婶都是那么好的人——婶婶因为身体弱，可能偶尔会有心情不好的时候——要照顾朋友的孩子，如果没有足够的爱心是不可能做到的。尤其是身体这么虚弱的婶婶，之所以还能这么费尽心力地照顾你，正是因为大家都觉得你很可爱。你要好好听婶婶的话，好好学习。小都，你估计都不知道，妈妈有时为了给你贴补些零用钱，寄给了婶婶一些钱，婶婶全都以你的名义存起来了呢。她真是一位很好的婶婶啊！因为婶婶照顾你的一切，所以就算她偶尔说了一些不好听的话，只要你一想到婶婶是真的很爱你，你就一定要好好对待婶婶啊！你明白吗？"

"我明白。"

我努力忍住不哭，妈妈看我这样子，把我的手握得更紧了，拉到自己怀里暖着。

"你明白就好。妈妈很快就会回来了，我会尽快回来的。在见不到小都的地方，妈妈怎么能生活很久呢？所以等妈妈回来之前，你要注意身体，不要生病，保重身体。"

妈妈的声音也在颤抖，我终于再也忍不住了："妈妈！"一头扎进妈妈的怀里抽泣了起来。妈妈温柔地抚摸着我的背，故作轻松地对我说："等妈妈回来的时候，你都该多大了呢？当妈妈看到已经是初中生的你来接我，我该有多吃惊啊！"

我突然想到一件事："妈妈，等你出发的时候，我送你上船好吗？"

出乎意料，妈妈郑重地摇了摇头："不，不行。小都你还要上学对吧？而且，在船边分别要比在火车边分别更加悲伤，妈妈不想让你来送我。不如这样，明天妈妈去送你上学吧。我跟你一起走一走你每天上学的路。"

第二天一早，妈妈真的和我一起走去学校，送我上学。妈妈说，她想看看我每天是怎么上学的，所以我们就还像往常一样，一边玩着捉迷藏、猜拳跳，一边嬉笑打闹着走去学校。不过，最初的时候，大家都有点怕生，只是老老实实地走着，不一会儿妈妈也加入了捉迷藏的队伍，所以大家一下子就熟悉起来，又变得像往常一样了。

　　到了学校，朋友们看到我是和妈妈一起结伴来的，全都热烈地讨论起来了。有人说："小都的妈妈真年轻啊，我还以为是她姐姐呢！"还有人说："哎呀，听说那是你妈妈，小都，你再也不怕被人欺负了。"听了这话，我立刻恼了："她是我妈妈，但和你们说的那种妈妈不同！她是我最、最、最喜欢的人，是日本第一的妈妈！"

　　当我和朋友们说话的时候，妈妈进了教师办公室，她反复拜托老师们好好照顾我。然后，妈妈旁听了我们的第一节课，就在第二节课要开始之前，妈妈对我说："再见啦，小都，一定要保重身体啊！等你放学的时候，妈妈可能就离开了。"

　　我大吃一惊，一下子愣在原地什么都说不出来。朋友们已经纷纷走进了教室，我也只能跟在后面进了教室。但我全然忘记了老师的存在，一直从窗口远远地目送着妈妈离开，一直一直望着妈妈的背影。

　　妈妈不知回了多少次头，望了多少次我所在的方向……她的身影终于彻底消失在樱花树的后面，再也看不到了。

　　那一整天，我都在发呆，根本什么也听不进去，甚至期待着妈妈会不会还在家里。一放学，我就飞奔回了家。但是，我找遍了叔叔家的每一个角落，也没有发现妈妈的身影。

后来，我问过婶婶，婶婶说因为妈妈觉得跟我分别太痛苦了，所以才故意那样做的。当时，来送行的婶婶和载着妈妈行李的汽车已经在学校门外等着了。

妈妈，我好想你！

不幸的朋友

我还没从与妈妈分别的悲伤中走出来，寒冷的冬天却悄无声息地降临了。

这片土地的冬天，从气候来说，与东京别无二致，但毕竟是一马平川的武藏野平原①，从赤城山②吹来的寒风越过利根川呼啸而来，感觉能把脸都撕破了。在去学校的路上，我们紧紧地挤在一起，在稻田和旱田之中，被大风推着往前跑，偶尔走到杂树丛的一角，或是神社③旁的树林中，才能勉强停下来喘一口气。

男孩子们经常会留下点燃的篝火，远远地跑在我们前头。在风不那么大的日子里，在这篝火旁烤火，我们简直

---

① 武藏野平原，位于日本关东平原西南部，横跨东京都、埼玉县两地，是由多摩川冲积而成的扇形地。

② 赤城山，位于日本关东地区北部群马县境内，是一座休眠火山，山顶海拔1 828米。赤城山与榛名山、妙义山被合称为"上毛三山"，其中赤城山是三山中最高的，被选为日本百名山和日本百景之一。

③ 神社，日本崇奉、祭祀神道教（一种信仰自然神的宗教）神灵的庙宇。

不知道有多开心。有的孩子还会从家里带来红薯，大家把红薯放在篝火上烤得热乎乎的，然后被烫得不断左手倒右手，美滋滋地吃上一口，真是别有一番乐趣。就这样，虽然我仍旧沉浸在失落中，但还是每天幸福、健康地上着学。

临近寒假的一天，我从阿金口中听到了一件意想不到的事情：那个可怜的小鹤——和妈妈、妹妹母女三人一起在工厂外的铁道口卖粗粮点心的小鹤，有了一位继父。而她的继父，就是经常会被婶婶请来家里做肩膀推拿的盲人按摩师。听说小鹤被母亲带到了盲人按摩师家，成了他家的孩子。

"小鹤最近不是不来学校了吗？那是因为她成了按摩师家的孩子，就得当她爸爸的拐杖，陪着爸爸到处走。搞得男孩子们都嘲笑她，管她叫什么'按摩鹤'，所以她就不想来上学了。我今天叫她和我们一起上学，可是她说不想来……"

我恍然大悟："原来是这样啊！我还在想她一直请假，到底为什么呢。我之前还问过你，可你什么都没跟我说。"听我这么说，阿金有些抱歉地朝我一笑："因为小鹤让我保密啊。所以小都你每次来问我，我也很为难。"

"但是，如果再有人说小鹤的坏话，我们不是应该一起去制止他们吗？明天你就跟小鹤这么说，然后带她一起来上学吧。我们都会陪在她身边的，让她放心。如果再有人这么说她，我们就去告诉老……"

"那她为什么要当按摩师的孩子呢？"这时，政江从旁边不合时宜地插了一句。

"那有什么办法啊？如果不当按摩师的孩子，就只能忍饥挨饿。不管怎么样，比起吃不饱、穿不暖，还是当按摩师的孩子更好啊。"阿金的话让我们大吃一惊。

"为什么呢？"

"因为最近经济不景气啊，她家的店一点儿生意都没有，再加上妹妹美纪最近还得了重病，所以她家更穷了。听说小鹤她们已经吃不上米饭了，每天只能吃一个烤红薯，而且都已经连吃三天了。"

"啊？！"

"小鹤的妈妈来过我家，哭着告诉我们的。为了能让孩子们吃上饭，实在是没有办法。虽然她知道按摩师是个怪人，但是毕竟他有很多钱。"一旁的小仓补充道，"那个按摩师还借钱给别人，收利息呢！"

"所以说，他虽然有钱，却贪得无厌。"阿金说，"不过，如果是自己的孩子的话，至少也会给她饭吃吧。"

大家嘟囔着，不约而同地叹了口气："小鹤真可怜啊！"

可怜的小鹤……相比之下，我们可真是太幸福了。

"我可真幸福啊！"过年的时候，我又在心里再次感叹——婶婶给我买了新大衣和新鞋子，我还穿着崭新的大衣和鞋子去参加了学校的新年仪式。但每当想到自己的幸福，我就会情不自禁地和朋友们的悲惨经历做比较，心情就又变得无比沉重。

正月①的典礼上，小鹤也没来学校。那个按摩师居然说："特意跑到学校去，唱个歌就回家，这真是太浪费钱了，学校有什么好去的！"

隔了很久，我才再次见到小鹤，是在工厂新年首次进货日的早上——每一年，工厂为了庆祝新年，都会在那天从装满货的列车上往下撒很多橘子，所以需要我和正昭一起去帮忙。我们过去的时候，整个工厂的孩子和女人都已经聚集在火车轨道的两侧，准备捡撒下的橘子。

每天早晨准时抵达的货运列车平稳地驶来了。一节节车厢里的煤堆上插满了漂亮的小旗子，旗子在晨风中迎风招展。孩子们"哇！"地齐声欢呼，像潮水般一下子把列车团团围住。火车上传出工作人员的喊声："后退！后退！……"

---

① 正月，日本的正月为公历的1月。明治维新之后，日本取消了传统的农业历法，随之正月改为公历1月，公历1月1日被规定为日本新年。同中国过年一样，日本新年也有很多年俗和庆典。

　　过了一会儿，列车终于缓缓地停了下来，人们从每节车厢中开始成把成把地撒下橘子。"扔橘子啦！"人潮又一下子推搡着挤成了一团。我和正昭怕被踩踏，赶快离开了现场，爬到后面的砖堆上，远远地望着大家捡橘子。这时，我看到了小鹤瘦弱的身影，她拉着妹妹的手，迟疑地站在不远处的火车旁边……

　　小鹤身材矮小，又胆小怕事，她根本没有胆子也没有力气和别人抢橘子，姐妹俩的手里一个橘子也没有。我从自己包好的橘子里拿了一个，为了不让别人看到，悄悄朝小鹤那边扔了过去。美纪看到了滚到脚边的橘子，高兴地捡了起来，她八成觉得那是从火车上扔下来的橘子滚到了这么远的地方吧。我看到美纪开心的样子，一个又一个连着扔了过去。

　　我正要把最后一个橘子扔出去时，小鹤抬头发现了我。我不由得红了脸，手里拿的橘子也不知如何是好。她们如果知道是我扔的橘子，美纪会觉得很无聊吧？小鹤也会很讨厌我吧？

　　但是，后来我们再次见面的时候，小鹤却对我说："谢谢你，小都。你真善良啊！"

　　朋友的心思这么真挚单纯，我真开心，心里也终于松了一口气。

不可思议的话

经历了漫长得像是过了一整年的寒冬，我的心似乎已经无法因为河水的涌动和青草的萌发而悸动了。但是，春天！是的，春天已经到来了。

虽然风还很冷，但稻田里的冰层已经变薄了。在野火烧过的黑色灰烬之中，黄色的草芽隐约可见，开始萌发了。就像一个许久不见的亲密朋友突然出现在你的眼前一样——春天就这么来临了。

每天放学回家，我都要穿过小西桥，到河对面的河堤上玩耍。我们把还在土里呼呼大睡的豆芽菜①挖出来，对着好不容易才探出头来的嫩芽大声呼喊，想要用自己的声音来呼唤期待已久的春天。

---

① 豆芽菜，即豆芽。在日本，豆芽的传统种植方法是土壤栽培，栽种到土壤中，豆芽能够有更高的成活率，生长速度也更快。栽种后需要覆盖木板或草席以遮光。

在这冬春交替的季节里，有位远客到来了。有一天，我刚放学回来，婶婶一边在厨房指点女佣们，一边对我说："小都，家里来客人了，你一会儿去打个招呼吧。植村老师是你父亲和叔叔学生时代的朋友。"听婶婶这么说，我赶忙把书包放好，走向餐厅。餐厅里坐着一位我不认识的胖叔叔，叔叔和他正开心地大声交谈着。

我进去鞠躬行了礼，植村叔叔不解地看着我，回头看向了叔叔："这位小姐是？"

"不是，这不是我的孩子，是竹下君的遗孤。"叔叔解释道。

"啊，是这样啊，难怪了。"植村叔叔用力地点了点头，"我记得你好像没有孩子，所以觉得有点纳闷。原来是竹下的孩子。我很久没见过竹下了，没想到就出了这样的事，真是太可惜了……"

植村叔叔又转头看向我。"孩子，你长大了。"他用手比了一个很低的高度，"你这么高的时候，我还抱过你呢，估计你都不记得了。你现在多大了呀？"

"十三岁。"

"啊，真快啊，马上就要上女子中学了。最近，你见到你母亲了吗？"

"妈妈现在去了法国，所以没有见面。"

听我这么回答，植村叔叔稍稍皱了皱眉，露出了惊讶的表情："去了法国？什么时候的事？"

"去年十一月。"

"十一月？……"植村叔叔诧异地看向叔叔，"奇怪了，我去年圣诞节确实在帝国饭店看到过她……"

叔叔爽朗地哈哈大笑，充满自信地摇摇头："你一定是认错人了。"

"怎么可能？……不过也是，我还真以为是她呢，还是那么美丽动人，我看了她半天，不过她还有同伴，所以我也没去跟她打招呼……"

植村叔叔还要继续说，叔叔却好像故意要打断他，转头对我说："小都，你去问问婶婶酒准备好了吗？问完可以出去玩了哦。"我松了一口气，再次向两位叔叔行了礼，然后赶紧往婶婶那里跑去。这个叔叔说的话可真是莫名其妙，他居然说不久前见过我妈妈！

我和阿金她们去河堤上玩了一会儿，把这些事忘得一干二净。

在樱花含苞待放之时，学校的考试结束了，并且公布了去年的期末成绩。令人欣喜的是，我是五年级女生中的第一名，学校决定让我在毕业典礼那天作为学生总代表去领取第五学年的修业证书 ①。

婶婶知道后开心地对我说："啊，小都，恭喜你！马上告诉你妈妈吧。她不知道会有多高兴呢！这么一来，我以后再见到你妈妈也就更骄傲啦。"

婶婶真的是很高兴，她还跟我约好：毕业典礼那天，她会给我准备所有我爱吃的东西来给我庆祝。然而，这个庆祝最终还是泡汤了——因为正昭的成绩……

初中公布成绩比我们晚一天，那天正昭放学回来后，婶婶便板着脸走进了正昭的房间，和他谈了很久很久。我在自己的房间里断断续续地听到了婶婶严厉的责备声，大概知道他们谈话的内容，我也不好出房间。但是，就这么一直躲在房间里听着婶婶训正昭，我心里也不是滋味。出房间不是，不出房间也不是，让我很是为难。好不容易，我听到婶婶终于出了正昭的房间，松了一口气。但脚步声没有在餐厅停止，而是径直来到了我的房间门口，"哗啦"一声响，拉门被猛地拉开了！

"小都！"

我被吓了一跳，回头望去。婶婶说："我知道正昭不愿意跟你出去玩，因为正昭和你不同，他已经是初中生了，

① 日本学校在每学年结束后，颁发该学年的修业证书。小学六学年全部结束后，颁发毕业证书。

功课比你的要难得多，今后你不要再带他出去玩了。"

我心里很是不服气：我可从来没有主动带正昭出去过，反而一直觉得正昭不在身边，我能玩得更开心，可他却总是像跟屁虫一样跟在我后面。"我可一次都没叫他出去玩！"虽然我很想这么说，但我心里很清楚，在这种情形下我没有资格反驳。在近一年的寄人篱下的日子里，我已经学会了忍气吞声。而且，我也根本没机会辩解——婶婶"啪"地一下关上了拉门，回了餐厅。

我一个人坐在桌前，回想刚才发生的事，不管被婶婶怎样责备，我都不能辩解。爸爸在世的时候，我在家里辩解、还嘴，爸爸也总是要我不要这样。但是，我从不需要特意解释给妈妈听，因为妈妈不管在什么情况下，都会非常理解我。只要我不是恶意的，即使我道歉，妈妈也会笑着不让我道歉。而如今，我身边再也没有像妈妈这样懂我的人了。想到这里，我的心头涌上了无尽的悲伤和委屈。

不过，我没有悲伤很久，因为我回想起了婶婶温柔待我的那些时刻——高兴地说着"啊，小都，恭喜你！"的婶婶，微笑着说"小都，我有一件能让你特别特别开心的事要告诉你哦！"的婶婶，真诚地对我说"我很喜欢，谢谢，好美啊！"的婶婶……

我很理解：不管是谁，如果自己费尽心血照顾的孩子辜负了自己的辛苦和期待，都会失望得想发火，这是再正常不过的。与此同时，迁怒于身边的一切，忍不住火冒三丈，这也是很自然的事情，因为我有时也会这样——姐姐一定不是故意对我发火的。这么一想，我的心情又舒畅了起来，甚至还嘲笑自己因为这点小事就那么伤心。

上厕所的时候，我从正昭的屋前经过（他的房间是我去厕所的必经之路），拉门还是大开着，正昭正趴在桌子上啜泣。看到他那颓丧的背影，我想去安慰安慰他。

"正昭。"这可能是我迄今为止对正昭说过的最温柔的声音了。面对比自己大的人，我一时不知道该用什么话来安慰他。在我犹豫的时候，正昭抬起头来，双眼通红，泪水盈满了眼眶。

我走到正昭的桌旁安慰道："哎呀，事情已经过去了，今后只要好好学习就行了。毕竟你是中途转学进来的，不管是谁，刚转学进来都不可能马上跟上新学校的进度，是吧？只要你从现在开始努力补上落下的课就行啦。我也会尽量不跟你玩的……"正说着，正昭却突然一把抓住了我的手，把我吓得赶紧缩了回去。

"你说不跟我玩！——小都，你讨厌我了吧？"

"不，不是这样的。只是，我们一起玩会影响你学习的。"

"才不是，你就是因为我留级才讨厌我的。你就是喜欢好学生！"说到这，正昭的哭腔都上来了，"我还是个婴儿的时候，被姐姐从婴儿车上摔了下来，从那以后我的脑子就不好使了。学习不好，就是因为这个啊！小都，你根本不知道这些吧？我身体不好，学习不好，都是姐姐的错，不是我的错！但是，婶婶却因为这些骂我，现在连你也开始讨厌我了，这些明明都不是我的错！"正昭像发疯似的一直大喊大叫。我被他这副样子吓得目瞪口呆，不知所措地看着他。

说完这些，他又开始抽泣起来。看到这样的正昭，我刚才的恐惧登时消散无影，变成了同情。我靠近正昭，一边抚摸着他的额头，一边用大姐姐才有的温柔语气安慰他说："正昭，以后不要再说我讨厌你之类的话了。我从来没说过你学习上的问题是你的错，所以别哭了啊。我之所以不让你和我玩，是因为婶婶这么跟我说的，我自己可没这么想过啊……"

但是，正昭还是像小孩子一样抽泣着，怎么也停不下来。

扫墓女士

春假后不久，父亲一周年的忌日快到了。去年的那一天，就像梦魇一般。每当我回想起那一天，接到痛苦消息的那一天，直到现在，我还会像当时一样，胸口一阵阵揪心蚀骨地疼。即使已经过去一年，我还是觉得就像是发生在昨天一样，铭心刻骨。

"像样的法事等你妈妈回来后再做吧，不过眼前起码要去上坟扫墓，据说你母亲订购的石塔也已经建好了。"

听叔叔这么说，我做好了回东京的准备。一开始计划正昭也和我们一起去东京，趁放假让他回自己家里玩，但他的升级成绩接近留级线，所以叔叔婶婶决定让他留在家里，在假期找中学的老师补课。

"太无聊了！"出发那天的早上，正昭看着正在收拾行李的我，说了好几遍。他接着又说："我都好久没去东京了，我还想去公园玩玩，看看有趣的电影呢。"

"我不是去玩的，我是去扫墓，然后马上就回来了。"

"那也挺好的，只要能去东京就好。这种乡下地方，我早就待腻了。没有好玩的东西，也没有好吃的东西。——啊，我真想回东京啊！"

正昭在热闹的平民区^①出生、长大，以前在众多的兄弟姐妹和伙伴朋友的陪伴中生活，这么想也无可厚非。就连无家可归的我，有时也会想起东京，想念东京。对有家、有父母、有兄弟姐妹的正昭来说，他得有多么想回去啊！我根本说不出安慰他的话，只能沉默以对。但正昭看到我不说话，可能是觉得我没有同情心，突然怒气冲冲地朝我大喊："小都，你觉得就你自己能去东京，得意得很吧？反正我就是个最差劲的留级生，所以别人玩的时候，我也只能学习。可恶，我真想让别人替我学习，我就是要偷懒！而且明年我肯定还是要留级的！"

我要当天往返，压根没时间和他争辩。叔叔已经收拾好行李来叫我了："小都，还没好吗？汽车已经来了，在等呢！"

---

① 平民区，日语称为"下町"，在现在东京都台东区的浅草、上野一带。在江户时代，这里汇集了许多小商贩和手工艺匠人，他们主要从事水上运输、港口的物资集散和各种商业活动。

扫墓女士

火车到达上野车站时，快到中午了。我和叔叔坐上出租车，往山谷中驶去，那里有父亲的墓地。上野山①上，含苞待放的花蕾仿佛在提醒人们樱花季快来了，樱花树的每根枝条都被淡淡的粉色装点。樱花树下，性急的赏花人络绎不绝，已经排到博物馆那边了。

我们在墓地入口处下车，去了常去的茶馆。还是那位年长的老板娘，去年我们就熟识了。她热情地出来迎接我们："您二位大老远赶过来，估计出了车站就到这儿来了，一定累了吧？"老板娘亲切地斟好了茶，突然又想起了什么："啊，对了对了，刚才有一位女士也来扫墓。"

"女士？是谁？"叔叔一脸惊讶。

"嗯……那位女士叫什么名字来着……"老板娘想了想，"她还说等坂井先生来了以后，把她的名片转交给您，我记得我家老头子收下了……嗯？名片放哪里了呀？"老板娘一边自言自语，一边四处翻找起来："……反正，是一位穿着洋装的漂亮太太呢。"

这时候，老板娘的丈夫——那位老爷爷进来了，跟我们打了声招呼："欢迎光临。"

---

① 上野山，原是德川幕府家庙和私邸所在地，明治维新后改建为上野公园。上野公园位于东京都台东区，是东京最大的公园，公园内有多个博物馆，涵盖了艺术、历史、科学等多个领域。

"老头子，你把刚才那位夫人的名片放哪里了？"

"在我身上啊。"

"哎呀，真讨厌。"老板娘笑了起来，"怪不得我怎么找也找不到。"我们也跟着笑了起来。

叔叔从老爷爷手中接过名片的一瞬间，脸上的微笑马上就消失了："这个人是什么时候来的？"

也许是我的错觉吧，我竟然过了一会儿才听到叔叔的声音，感觉这声音完全不像平常的叔叔。

"这个嘛，大概一个小时前。"老爷爷正在制作扫墓用的鲜花，并没看到叔叔皱眉，还是满不在乎地说，"她看起来很熟悉这里，说不需要我们带她过去，所以我就没有陪她过去。——这会儿应该已经回去了，是吧，老太婆？"

估计他觉得叔叔这么问，大抵是因为没有碰到面感到遗憾，于是又对老板娘说："是吧，已经走了很久啦！"听到这，叔叔把名片一下子丢进口袋，似乎要结束谈话，一下子就站了起来："没事，没事！反正又不是重要的人。——走，我们也去扫墓吧！"

老爷爷拿着水桶，手里拿着线香①，我和叔叔各拿了一

---

① 线香，用木屑加香料做成的细长而不带棒儿的香。

束花。花束里有白木莲花、白山茶花、寒绯樱^①、白桃花——都是爸爸喜欢的白色花朵，唯有一枝沈丁花^②红得醒目，散发出浓郁的香味，真是一把清爽又漂亮的花束。

"小姐，您能抱得住吗？我来拿吧。"老板娘看到我双手抱着花束，亲切地问我，又对老爷爷说，"老头子，你帮着给换炷香吧。"

我回过头，摇摇头："不用，没事，我可以的。"然后，跟在叔叔后面往前走。阳春三月，晴空万里，短短的影子很快垂在了我的脚边。

走在通往墓地的路上，刚过半，叔叔的手边有白色的细碎东西撒落下来。

"嗯？"我以为是花束里的白桃花花瓣掉下来了，但无意一撒发现那根本不是花瓣，而是那位扫墓女士的名片被撕碎后的碎片。啊！叔叔肯定很讨厌这个人。我又想起了刚才叔叔皱起的眉头，心里暗暗祈祷："希望刚才那位女士可千万别在墓地里啊！"

① 寒绯樱，在中国名为钟花樱桃。花先于叶开，呈钟状。通常花期在2月中旬左右，因开在寒冷的早春且花瓣呈深红色，故得名"寒绯樱"。有些品种的寒绯樱在开花时，花色会从纯白色变成深红色。
② 沈丁花，在中国名为瑞香，瑞香科常绿灌木，又称睡香、风流树、蓬莱花等，早春开花，花期较长。花朵锦簇成团，花香怡人。因为它的花香如沉香（亦称沈香）一样让人沉醉，而花形又如丁香花一样娇柔，所以日本人就把这种花称作"沈丁花"。

生母的墓碑

父亲的墓和祖父母的墓并排而立，显得庄严肃穆。

"啊呀，建得真是太好了。"伴随着叔叔的感叹声，我走进被打扫得干干净净的神社围墙，抬头望向刻有"竹下季俊之墓"的高大墓碑。墓碑前的水槽①里放着一束漂亮的紫罗兰。

"哎呀，叔叔，好漂亮的花！"我想一定是刚才那位不认识的阿姨放这儿的。叔叔表情凝重，就像收拾脏东西一样，想要扔掉这束花，又想起了什么，放回了原处。

"小都，来吧，把你和你妈妈的花，献到你爸爸身边！"叔叔的语气里带着催促。我赶忙走到叔叔身边，把花献给了父亲，然后给花浇了水。

我祭拜完，叔叔也在墓前静静默哀，迟迟没有移步离

---

① 在日本，大多数坟墓前面都有一个用来盛水的水槽。每当死者的亲朋好友来扫墓时，都会向水槽里倒清水，并供奉鲜花。

去，久久地凝视着墓碑。我也和他一样，默默地凝视着父亲墓碑上的名字。这时，我突然想到我那早已去世的生母的墓。

我的亲生母亲，也许是英年早逝的缘故吧，虽然听说她也被葬在了竹下家的墓地里，但这里却没有她的墓碑。

"你母亲在我还不得志的时候过世了，我没能给她另建墓地，暂时和你奶奶葬在了一起。据说墓碑必须在周年忌的时候才能建。所以，等你母亲十三周年忌日的那天——也就是你十六岁的时候再建吧。"父亲是这么回答我的，当我很久以前问父亲"为什么妈妈没有墓"时。

因此，每当母亲的忌日，我都会在祖母的墓前献上鲜花。

但是，现在看到父亲的墓碑已经建好了，而与我天人两隔的母亲，却仍然没有墓碑，我觉得她很可怜。

"嗯，叔叔……"我拉了拉叔叔的胳膊，"爸爸的墓碑已经建得这么好了，下次也要给我的生母建一座墓碑了吧？"

叔叔语气急切："你生母的墓碑已经建在她老家那边了。"听上去有点慌张。

"可是爸爸明明跟我说过，她和奶奶葬在了一起，还说等我十六岁的时候就给她建墓碑的。"

"嗯，那是因为你生母的遗骨是分开安葬的，当时把一部分的遗骨带回了东京，可能因此就没有再特意另建墓碑了吧？……"话说到一半，叔叔盯着我的脸说，"小都，你真的希望你生母也有墓碑吗？"

"我也不是很希望……但是，她只能和奶奶葬在一起，我总觉得她太可怜了。"

"哦。"叔叔没有继续说下去，默默地伸出手，在父亲的墓碑上抚摸了几下。突然，叔叔又转向我，说："你生母的墓碑，最好以后由小都亲手为她建造。如果是由你亲手为绫子建墓碑的话，绫子也会……"

话说了一半，叔叔不知为何又突然停住不说了，而是说："回去吧。跟你爸爸说再见，跟他说下次我们还会再来看望他的。"

"如果是由你亲手为绫子建墓碑的话，绫子也会……"当时的我不知道叔叔接下来想说什么，所以我就在这句话的后面补上了"很高兴吧？"当我得知，其实这里应该换成"羞愧"这个词时，已经是很久以后的事了。

离开墓地之前，叔叔一句话也没说，我也觉得不该打破这种沉默，默默和他并肩前行。走到出口时，叔叔好像才回过神来："小都，你肚子饿了吧？我们去油炸豆腐店吃点饭吧，然后再去百货商店买东西。今天是你父亲的忌日，你想要什么东西，叔叔都会代你父亲给你买哦。"叔叔又变回了平日那个既温柔又充满活力的叔叔。

返程的时候，大概因为时间很晚了吧，火车里人很少。

火车过了浦和①，一直在讲笑话逗我笑的叔叔，突然变得一脸严肃，问我："小都，你还记得你生母的样子吗？""不记得了。"我摇着头回答。生母去世时，我才刚满三岁，虽然也有一点模糊的记忆，曾被抱在怀里，但我根本分不清那是生母的怀抱，还是妈妈来之前短暂照顾我的奶妈的怀抱。

而且，据说生母非常讨厌拍照，所以连一张照片也没有留下，如此，我就更加无法回忆起她的样子了。即便确实是被生母抱着，在那模糊的记忆中，那张温柔地看着我的脸，无论如何也都是妈妈的脸。虽然这听起来很奇怪，但却是我真真切切的感受。

"可是，叔叔。"我突然想起来，对叔叔说，"我去年第一次——那时我还什么都不知道呢——来叔叔家拜访的时候，那天父亲在轿车里曾经说过——'小都，你长得越

---

① 浦和，位于日本埼玉县埼玉市浦和区。2001年，浦和市与大宫市、与野市合并为埼玉市。

来越像你过世的妈妈了。'所以，我想生母的样子应该和我很像吧？"

"就像落语①《松山镜》②那出戏一样吗？"

"嗯，是啊。"我笑着点点头，"虽然有人说死去的生母是个很漂亮的人，但我认为那是骗人的，因为如果她长得很像我，那就……"

"啊哈哈哈哈！"叔叔被我逗得哈哈大笑，"你这么说，你的生母可是会生气的啊。不过，在叔叔看来，你虽然长得确实很像你那已经去世的生母，但却更像你的妈妈——总子女士，连你婶婶也是这么说的。她还说，可能是长期在一起生活的缘故吧，所以你们两人连样貌都像了起来。"

"不过，我妈妈可是个美女哦！"

这个世界上，我最喜欢的人就是妈妈了。如果有人说

---

① 落语，日本传统曲艺形式之一，其表演形式和内容都与中国的传统单口相声相似。
② 《松山镜》，日本古典落语演目之一，因故事的发生地为越后的松山村，故名。故事内容为：越后松山村的正助因为孝顺而受到领主的称赞，领主问他想要什么东西，正助回答说想见见亡父。那个时候村子里没有镜子，领主就给了他一面镜子。正助把镜子里的自己当成父亲，日夜暗中祭拜。妻子觉得奇怪，趁丈夫不在家照镜子，结果里面照出了女人的脸，于是就跟丈夫吵了起来。一个尼姑出面调解，对着镜子说："你们两个都不用担心，里面的女人感到不好意思，又变成了尼姑。"

我长得像她，这比什么都让我高兴。可另一方面，我又觉得这样会拉低我心爱的妈妈的档次，心中有点愤愤不平："像我妈妈这么美的人，哪里都没有！"

"是啊。"叔叔又一脸严肃起来，"确实，没有比总子更漂亮的人了。这句话是真心的。如果只论外表，总还有更漂亮的人。但是，这些所谓漂亮的人一到总子面前，就都会失去光芒，这是因为她们的内心都没有总子美。所以啊，婶婶说你长得像你妈妈，这只是她通过外表判断的。叔叔却觉得，你长得像妈妈，那是因为你很喜欢妈妈，不知不觉间被她的爱感化的缘故。而你不记得你生母的脸，从表面看，一方面是一种不幸，但另一方面对你来说，也是一种幸福啊！我想，你除了现在的妈妈——这个愿意为了让你今后幸福生活而不惜远赴法国的继母之外，再没有其他的母亲了！"叔叔的话发自肺腑。听了这些话，我沉思着，点了点头。

叔叔又继续说："小都，你全靠现在的妈妈照顾。我也常常说，比起生育之恩，养育之恩更重要。因为生孩子这件事，大多数女人都能做到，但是，对于不是自己亲生的孩子，还能这么爱她，很少有人能做到像总子这样的。"

我再次默默地点了点头。叔叔拉过我的手，用自己的双手紧紧握住我，说："我想，这些事你其实都很明白的。

不过，因为今天我们来给你父亲扫墓，所以叔叔还是忍不住说了出来。总之，你可绝对不能辜负你妈妈。无论发生什么事，你都不能辜负她对你的这片深情啊……"

"无论发生什么事……"叔叔居然用了这么严重的词，这让我感觉到这个"什么事"，似乎就是要为了把我和妈妈分开才出现，吓得我的心"扑通扑通"直跳，不由得把身体靠近了叔叔。

"哈哈哈哈！"叔叔像是突然醒悟过来，大笑起来，"小都，你是把'什么事'想成了怪物什么的吧？这个叫'什么事'的家伙，才不敢作怪呢。即便它来了，叔叔也一定会把它赶走的！"

不知不觉间，车窗外已经一片漆黑，火车奔驰在黑色的森林和田地中，窗外有一些零零散散的小房子，发出星星点点的光亮，白天都没注意到。已经这么晚了。

"快下车了，婶婶一定已经等得不耐烦了。"叔叔说着，望向了车窗外。

新年级长

新学年开始了，武藏野也到了春意最浓的时候。樱花开了，油菜花开了，蒲公英开了，紫罗兰也开了……麦子伸展着青青的穗子，远处传来百灵鸟高亢婉转的歌声……似乎整个世界的春天都聚在这里了。

这是我在这里的第二个春天。当终于可以把伤心事都留在上一年的暮霭之中，也能亲口说出心中的伤痛之后，我仿佛第一次看见如此新鲜勃发、炫人耳目的春天。

我们已经是小学里除高等科①之外最高的年级了。一想到只剩一年的小学生活，我就觉得一定要把这最后的一年当宝贝一样，好好珍惜。

---

① 高等科，1880年，日本政府修改《教育令》，规定小学学制为三（初等科）、三（中等科）、二（高等科）分段，其中初等科（3年）为义务教育，中等科（3年）毕业即可升入中学，高等科（2年）为不能升入中学的学生所设，形成了双轨制。小都在六年级毕业后，即可升入女子中学，不必再上高等科。

开学典礼的那天，我被任命为六年级女生的年级长。这所学校的年级长不是选举出来的，而是一直由年级第一名担任。副年级长则由原本一直担任年级长但这次成绩位列第二的藤本久子担任。久子住在学校附近一个几乎可以被称为"茅庵"的茅草屋里，她的母亲是尼姑①，她和母亲两个人相依为命。久子皮肤白皙，性格温厚老实。

虽然当时我对老师说了"好的"，但心里还是有些担心，在那儿自言自语："中途转校生能当好年级长吗？"

久子听到了，突然走到我面前对我说："你能做好，一定能做好！我不是也这么过来了吗？你一定没问题的！"她像是变了一个人，完全不是平时安安静静的模样，拉过我的手用力地握着。"可别这么说，小都。如果你不当年级长的话……"久子顿了顿，说，"如果是这样的话，只能由我来当年级长了，那副年级长就变成相泽家的美音了。那样的话，我就真的很难做好了。——我当副年级长就行，我想和小都你一起搭档。所以，请你一定不要放弃啊！"久子觉得我马上要放弃做年级长似的，拼命地劝说。

相泽美音是这次成绩排年级第三的女生，是这一带最

---

① 1872年，明治政府颁布了《肉食妻带解禁令》，宣布"僧人今后无论蓄发、娶妻、生子、食酒肉，皆听从自便"。故日本僧尼可以婚娶。

大的地主相泽家的小女儿。美音功课很好，长得也很可爱，人其实也不坏，但可能因为从小到大一直被家人宠着吧，她的性格相当任性，做事经常我行我素，对别人不管不顾，所以大家都不怎么喜欢她。不过，尽管如此，她也是年级里"称霸一方"的小首领，身边总是围绕着四五个朋友。

"那些对美音阿谀奉承的人都是受美音家照顾的，所以他们都很害怕美音。"阿金等人都这么说。但是，正因为有了这四五个小跟班，美音变得更加肆无忌惮，一直打压年级里老实的同学。

在我来这之前，年级长和副年级长经常是久子和美音轮换着当。一直以来，久子和美音都在争夺年级第一名——久子被美音压制和欺负，在年级里可是尽人皆知的。

"久子，你也太老实了，这样可不行！"不服输的阿金总是替她着急。但久子什么事情都让着美音，不只是因为她性格老实，更真实的原因是久子母女住的地方是美音家的土地。尽管久子很老实，但这种长期被压抑着的不快，我也非常理解。

如果我辞去年级长一职，久子就是年级长，副年级长自然就是美音。久子再也不愿和美音一起做搭档了，也只有让我当年级长，她才能避免这件事。

"小都，你可千万别放弃啊！"久子说得这么认真，我心中不再过分担忧："我会尽力做好的！让我们女生的六年级成为全校的模范年级！"然后，我和久子拉钩约定。

随着时间的推移，我时常后悔：要是当初没当年级长就好了——美音她们一伙人根本不听我的话。在老师进教室之前，她们吵闹个不停，即使我大喊"请安静！"，她们也装作听不见；明明前一天就知道要收集学校通知家长的成绩单，等我第二天收的时候，她们却整齐地说忘带了——类似的事情一件接一件，简直没完没了。

"六年级的女生可不行啊。"这样的评论声此起彼伏。"不行……"听到别人居然这么说，我羞愧得直想哭。

有一天，发生了一件更加令人羞愧的事——美音的钱包不见了！

小　偷

"哎呀，我的小钱包不见了！"美音大声喊了起来。
那时正好是午休，马上就要开始下午的课程了。

"怎么回事？我记得就把它放在桌子里了啊。"美音把
桌子盖板弄得嘎嘎作响，又把里面的东西全都拿出来检查。

"放在哪里了？"

"里面装了多少钱？"

"什么样的钱包……"

大家纷纷关心地围了上去，七嘴八舌地说着。

"是红色的蛙嘴小钱包①，那可是我的宝贝，里面有五
日元呢。是昨天爸爸刚给我的零用钱。"

大家看着美音，目瞪口呆——她居然这么满不在乎地
拿着五日元来上学，就算是过节，也没有人收到过这么多

---

① 蛙嘴小钱包，带金属卡扣的袋状小钱包，因开口的形状似蛙嘴，故
　名蛙嘴小钱包。

零用钱。[1]同学们看她把放在桌子上的东西又拢在了一起，然后再次一个一个地细细查看。

这时候，别的教室已经一片寂静，等待着老师的到来。唯独我们教室里，乱糟糟一片，没有一个人安安稳稳地坐在座位上。我赶忙站起来大声对大家说："请大家坐好，老师马上就要来了。"大家嚷嚷着各自入座。

还没等大家回到各自的座位上，老师就已经进来了。"这是怎么了？"老师明显很不高兴，"你们为什么不好好坐在自己的座位上？"

"老师，我的钱包没了！"美音立刻告诉了老师。

"钱包？不是一直规定不能带这种东西来学校吗？"老师质问道，可又不能真的不管，只好走到美音身边问，"你放在哪里了？"

"就在这张桌子里。可现在怎么找也找不到了。"

"你记错地方了吧？"

老师见美音低头不语，便让美音把刚才检查过的东西又放桌上仔细检查了一遍，然后回到讲台上对大家说："大家都知道了吧，相泽的钱包丢了——把这种东西带到学校

---

[1] 基于日本银行调查统计局发表的"企业物价指数（战前基准指数）"：大正时代（1912—1926）1 日元相当于 2019 年 1 080 日元的价值，昭和时代（1926—1989）1 日元相当于 2019 年 636 日元的价值。故当时日元的购买力较强。

来是相泽的错，但我们也必须好好找一下。请大家都把自己桌子里的东西拿出来看看吧。"

比起被人怀疑，我们都更希望尽快洗清自己的嫌疑，于是纷纷把各自的东西一一摆在桌面上。

就在这时，久子的座位那儿传来了一声惊呼："哎呀，钱包居然在这里……"大家都回头望了过去——钱包居然出现在久子的书包里。

老师快步走到满脸通红的久子的桌旁，拿起钱包问："相泽，这个是你的钱包吗？"

"是的，老师，就是这个。"美音很高兴，接着又故意自言自语道，"啊，太好了，找到了！不过，它是什么时候从我的桌子里跑到久子那里的呢？"很明显在嘲讽久子——久子是什么时候拿走的呢？此时此刻，哪怕是老实的久子，也无法忍耐了，她大声辩驳："老师，我什么都不知道。"

"没事没事。就算钱包在你这里，也不一定就是你拿的。"老师安抚久子，然后走上讲台制止大家的喧闹，"安静！钱包还在。大家也看到了，它是从藤本的桌子里发现的，而且发现它的竟然还是藤本自己。那么……"老师停顿了一下，又说："大家对此有什么想法？是藤本偷了藏起来？同学们和藤本是多年的朋友，你们应该很了解她的为人吧？"

"她不是那样的人！""不是那样的人！"四面八方传来了回答。

"是吧？老师也觉得藤本不是那样的人。但是，每个人都难免偶尔会有邪念，也有可能是搞错了。那么到底是哪里搞错了呢？——相泽，你确实把它放进自己桌子里了吗？"

"是的。"美音坚定地回答道。

"是从早上开始一直放在书桌里的吗？"

"不，中午出去玩的时候……"

"也就是说，是在午休时间丢的，对吧？"

"老师，"我举起手站了起来，"午休时间，藤本一直和我们在一起，她哪儿也没去过，这一点西村和川上同学也可以做证。"我边说边回头看了看阿金。

"这样一来，藤本的嫌疑就暂时排除了。那么，是谁在午休的时候进了教室呢？又为什么要犯这样的错误呢？"老师若有所思，不再开口，目光如炬地扫视全班。同学们心领神会，目不转睛地看着老师，紧张地等待着老师继续说。可是老师却不说了，我的心紧张得怦怦直跳。

老师是在观察大家的脸色和表情吗？这么一想，尽管我没做任何亏心事，但总感觉自己的表情似乎也不自然起来，想到这里，我心里更紧张了，老师不会觉得我的表情不对劲吧！

令人窒息的沉默，持续了好一段时间……

"青木。"老师突然平静地喊出了一个名字，我们都吃了一惊，居然是这么一个出人意料的名字。

"哇！"被点到名的青木文野发出了悲痛欲绝的哭声，震耳欲聋。青木是美音的跟班之一，个子小小的，脸色很差，是个老实孩子。

"午休的时候，你进教室了，对吗？"老师问得其实很温柔，青木同学没有回答，哭声却更加响亮了。

"好，好，那就这样吧。可是为什么呢？"老师歪着头问道，"你好不容易拿到的东西，为什么要放进别人桌子里呢？"文野什么都没回答，只是一个劲儿地哭。

文野家之前是贫穷的佃户①，后来因为没钱租借能养活一家人的土地，所以父母都去外面打短工，或者做些土木活儿。去年工厂发大水，砖都被泥弄脏了，工厂雇了一批洗砖的临时女工，文野的母亲也背着婴儿来干活了。所以，就算是文野偷了钱包，大家也都能够理解，也不会因为这件事讨厌她。更何况被偷的还是美音，大家就更不会觉得

---

① 佃户，从地主处租来土地，缴纳地租而务农的人家。

怎样了。可是，文野并没有自己拿着钱包，仔细想想，同学们越发觉得事情没有这么简单。

我的视线从哭泣的文野移向了被偷的美音。从我的座位上，只能看到她的侧脸，但她当时好像生气了，瞪着文野，眼神很是可怕。她一定是觉得被自己的跟班背叛了，气得要命吧？因为在所有的小跟班中，文野是最听话的，所以美音一直把她当勤杂工使唤。

文野还在哭，老师安慰她道："别哭了，反正钱包已经找到了。这件事以后再说，现在开始上课吧。"

但是，大家已经不可能再心平气和地上课了，老师也注意到了，于是合上书吩咐大家自习，并对文野说："青木，你到老师办公室来。"可是文野却怎么也不肯站起来，双手一直紧紧地抓着桌子哭。老师一再安慰和催促她："来吧，老师绝对不会批评你的，过来吧。"她这才不情愿地站了起来，抽泣着和老师一起走出了教室。

两人离开教室后，大家哪还有心思上自习啊，又开始吵闹起来。每个人都因为洗脱了嫌疑，聊得比刚才更起劲了。

"我的天啊，刚才老师看着我，我真怕老师说是我偷的……我都要被吓死了。"

"哎呀，你都没偷过东西，心虚什么？"

听到这样的对话，再想到自己刚才的反应，我忍不住会心一笑。

"请安静。""安静！"尽管我一直提醒大家，但说多少遍也没用。

过了一会儿，老师带着还在啜泣、红着眼睛的文野回到了教室。大家都一脸紧张。老师走到讲台上，用严厉的声音对美音说："相泽，你撒谎了。你说午休前钱包是在书桌里的。但是，是你让青木在午休时间去教室，帮你把钱包放进书桌里的，对吧？"

美音脸色一下子变了，低下了头。

"你应该知道休息时间不能擅自进入教室。你不仅带了钱包，还让朋友做这样的事，最后还撒谎。——这些全都是你的错。青木同学想早点离开教室，于是慌忙中把你的桌子和藤本的桌子给搞错了。"

原来是这样啊！大家安心又放心地互相看了看，我们都为文野没有偷东西而松了一口气。文野像终于得救了似的，脸上露出了比谁都要释然的表情。然而，我望着美音，不可思议地发现她脸上也浮现出了同样释然的神色。

"相泽，你今后绝对不能再做这样的事了，听到了吗？还有，青木，今后如果再有人拜托你做不应该做的事，你也要明确拒绝。"

"我还以为文野真的是放错了桌子呢，小都。"久子后
来悄悄地跟我说，"喂，你跟我说说你觉得真相是什么？"

"老师之所以这么说，是替文野着想啊。不想让文野
日后被美音欺负才这么说的。我觉得是美音故意让文野把
钱包放进了你的书桌里。"

"嗯，我后来也觉得应该是这样。因为一旦老师对美
音说了文野是这么招供的，那文野今后再面对美音就惨了。
文野的爸爸还在美音家做短工呢！——唉，真痛苦啊！就
因为家里穷，大家就理所当然地觉得钱包既然不在有钱人
的桌子里，就一定是被穷人藏在了自己的桌子里。"

久子仿佛感同身受一般，不住地叹着气。我握着她的
手，给她鼓气："别想这么悲伤的事了，多想想好事吧。我
们能有狭山老师这样为学生着想的好老师当班主任，可真
是太幸福了！"

"是啊。"久子也笑了，"狭山老师真是位好老师。不
过，这件事我们要保密哦。"

"一言为定！"然后我们又拉了钩。

但是，狭山老师的一片苦心，虽然使文野避免了为难

的处境，却并没有帮助美音反省。美音因为在大家面前挨了骂，更加针对我们了，她说："是啊，反正我也不像别人那样，总是受到老师的偏袒！"

班级里的气氛有些低迷，就在这略显沉重、并不和谐的气氛中，学校公布了徒步春游的日期。

春　游

学校安排一年级和二年级去比较近的城山^①，三年级和四年级去熊谷堤^②，五年级以上和高等科的女生去长瀞^③。和高等科的男生相比，我们其他学生都像留在原地似的——他们要进行连续拉练，爬三峰山^④。

我不想去徒步，因为我总觉得到时候又要发生什么事，心里很不安。但我是年级长，又没有生什么病，不能因为这种小事就不去。我甚至在心里荒唐地祈祷：老天啊，赶紧下一场大雨吧，"哗啦哗啦"的！

老天并没有听到我的祈祷，出发那天的早上，天空比平时还晴上了几分！

---

① 城山，位于东京都八王子市高尾町，距离市区较近，是徒步旅游胜地。
② 熊谷堤，即熊谷樱堤，位于日本埼玉县熊谷市河原町，是始于江户时代的赏樱胜地。
③ 长瀞，位于日本埼玉县西北部秩父地区荒川中游，距离东京不远。
④ 三峰山，位于日本埼玉县西部秩父山地，是妙法岳、白岩山和云取山的总称。

"哎呀，小都，今天可真是适合远足的好天气啊！"什么都不知道的阿茂，把我的事当成她自己的事情一样高兴，但我却无法回答。平时很晚才起床的婶婶，也为我起了个大早，帮我把昨晚准备好的各种东西装进背包。

"小都，你背包里还有点空儿，那就多放一套内衣①吧。在那边玩，如果出了汗，回来不换衣服的话，会感冒的。"

体弱多病的婶婶对健康相当谨慎。我也乖乖听话，把内衣装了进去。登山包鼓鼓囊囊的，形状有点难看。（啊！亲爱的婶婶，多亏当时听了您的话，我后面才能这么幸福！）

学校的操场上，绽放着一张张花朵般的笑颜。我们如早操时那般集合，聆听校长"絮絮叨叨"的远足注意事项。

终于，男生们举着高高的旗子走在最前面——五年级打头，大家依次向车站进发。

清爽的晨风温柔地拂过脸颊，每个人都兴奋不已，兴高采烈地聊着天，弄得步子乱了，队伍也不齐了。为了让队伍能够步调一致，久子和我大声喊出"一、二、三！"，带领大家开始唱歌：

---

① 内衣，这里指衬衣、衬裤等贴身穿的衣服。

在松林绵延的尽头，

有只白帆船在漂浮。

渔网被晾在了高处……①

歌声响起，阿金、政江、小仓和其他人也都跟着唱了起来。

海鸥在海浪之上起伏。

快看啊！白天的大海，

快看啊！白天的大海……

大家的步伐都随着歌声变得齐整，队列齐步向前。突然，在队伍的正中间传出了另外一首歌，是美音那伙人：

夏天即将来临，八十八夜②，

野地和山上满是嫩叶……③

---

① 日本童谣《海》的第一段，作词、作曲者不详，被收录于1913年刊发的《普通小学歌谣第五学年用》。
② 八十八夜，日本传统节气"杂节"之一，在立春之后的第八十八天，也就是阳历5月2日前后。此时农家正忙于农活，如采茶、养蚕等，据说这一天采摘的新茶为最上等。
③ 日本童谣《采茶》，作词、作曲者不详。

　　她们的嗓音巨大，像在大吼大叫一般！很不幸，队伍的步调又变得混乱起来。我用眼神示意久子最好配合美音的歌声，于是我们也改唱《采茶》。美音那伙人发觉我们改了歌，又立马唱起了另一首歌。

　　　　离开吉野的回家路上，
　　　　伴着饭盛山松林的风……①

　　很明显，她们故意要把步调给搅乱！"为什么要这样呢？"我抿紧了嘴唇，叹了口气。这样一来，大家就不可能步调一致了。于是，不知不觉间，大家都各自唱着自己喜欢的歌，走着各自不同的步调。

　　"她们那些人是在故意捣乱。没关系，不用在意。因为我们人多嘛，我们就使劲地大声唱，盖过她们！"阿金和小仓不甘心地跟我说。盖过她们——只要我们想做是很容易做到的。不过，今天是快乐的徒步春游的日子，我不想因为这个斗气，和她们争下去。晴空万里，菜花飘香，和煦的春光温暖地包裹着我的身体，但我的脚步却是如此沉重。

---

① 日本童谣《四条田间（一）》，由大和田建树作词，小山作之助作曲，发表于1896年。歌词中的"吉野"和"饭盛山"均位于日本大阪市。

坐上火车再换乘，到达目的地的时候，还不到中午。我们在那里和高等科的男生分开，然后坐船沿着小溪逆流而上，准备开始吃午饭。

狭山老师在怡人的樱花树下坐定，叫我们过去："来吧，大家在这里吃便当吧。"以老师为中心，同学们围成了一个圈，坐在草地上。但是大家也都注意到以美音为首的四五个人，没在这里。

"把她们叫来，跟大家一起吃便当！"

听老师这么说，我和久子马上跑去找她们。略一搜寻，便发现美音那群人正坐在突出到河里的大礁石上，已经开始吃便当啦。我马上向她们喊话："过来吧，老师说让大家一起吃。"

结果，美音回头看了我一眼，傲慢地回答道："不用了，不用管我们，我们都已经选好在这儿吃便当了。"

"那边也是个好地方，大家一起吃，便当才好吃呢。"这次是久子说的。

"不好吃也没关系。你们这些老师喜欢的人就跟老师在一起吃吧，反正我们也是老师讨厌的学生。"

我们拿她们无可奈何，只好原路返回。

"怎么了？她们不过来吗？"老师问。

"老师，那边景色很好，我们也去那边吧。"

老师有点不耐烦："我们都已经坐在这里了，就在这里吧。即使有再美的景色，如果不是大家围成一圈一起吃的话，也就没有意义了。她们不想来也没关系，你们也吃饭吧。先填饱肚子，大家再一起玩捉迷藏。"

久子和我坐在了老师身旁，打开了便当盒。

不久，就在大家吃完饭，各自收拾便当盒的时候，美音她们坐的礁石那儿传来了尖锐的喊声。

"怎么了？"老师脸色大变，赶紧跑过去，我们紧随其后，迎面撞上了脸色惨白的文野，她说："老师，美音掉河里了。"当我们赶到那里的时候，要强的美音已经自己从河里站了起来，正要往上爬，老师连忙拉她。幸好那里水不深，水流也很平缓，美音并没出什么事。只不过，美音的衣服被河水浸透了。

美音上岸后，狭山老师松了一口气："所以我一直说不能靠近河边。——快点把衣服脱了，这样下去，再暖和的天也会感冒。"

美音没有吭声，不过还是很听话地开始脱衣服。但是内衣也湿透了，总不能连衬衣衬裤都脱了吧？

我飞奔出去，抱来了自己的包："如果你不嫌弃的话，请穿上我的衣服。我带了换洗衣物，刚洗过，很干净。"

美音一直咬着嘴唇，默不作声。从她的脸上，我看出她没有想直接拒绝我，于是我再次劝道："穿吧，大小肯定正好，你愿意穿的话，我会很高兴！"

美音接过内衣，一个人走到岩石后面换衣服。狭山老师目送着美音离开，很高兴地对我说："竹下同学，你的这套衣服不仅能让相泽同学感到幸福，也会让大家都感到幸福——让老师、六年级的全体女生都感到幸福……"回去的路上，我的脑海中反复回响着老师的这句话。

结束了一天快乐的旅程，下了火车，已是黄昏时分。大家的脸上都浮现出些许疲惫。"我们唱歌回家吧。"我提议道。话音刚落，只听走在最前面的美音那儿飘出了歌声：

在松林绵延的尽头，
有只白帆船在漂浮……

这正是去时被美音她们搅乱没能唱成的那首歌。我立刻领会了美音的感激之情，努力按捺住因喜悦而狂跳的心，也跟着唱了起来：

渔网被晾在了高处，
海鸥在海浪之上起伏……

慢慢地，我发现整个年级都跟着我俩唱了起来，现在，
再没有一个杂音了。

快看啊！白天的大海，
快看啊！白天的大海……

六年级学生整齐的歌声和步伐感染了走在前面的五年
级学生，也吸引了走在后面的高等科学生，他们停下了原
本唱的歌，加入了大合唱：

黑暗中清晰的小岛，
尽管渔火灯光暗淡。
波浪温柔拍打海岸，
海风轻轻吹着沙滩……

美音边唱边回头，朝着我微微一笑，我同样对她回以
微笑。

即便美音没有说"对不起"，但我想，此刻，我们彼此的心已经连在了一起。曾经温暖过我的这套内衣，如今紧贴着美音的肌肤，一定也温暖了美音的心吧。

虽然我的脚步再次变得沉重，但心情却与来时截然不同。

快看啊！夜晚的大海，

快看啊！夜晚的大海……①

---

① 日本童谣《海》的第二段。

梅雨季节

自徒步春游那天开始，学校已经变成了最最最让我开心的地方。六年级的三十四个女生变得亲密无间，不管是玩耍还是说悄悄话，我们都在一起。

春天悄然离去，清爽的五月送来了带着绿叶芬芳的清风，我们换上了薄衫，微风轻抚着微微出汗的肌肤，周围一派赏心悦目的新绿，这样的季节，真好！我们的心情也随之感到欣喜、雀跃，这最正常不过了吧。

尽管新绿勃发，但这样明朗松快的季节却很快被阴郁的梅雨季伏击，天空阴云笼罩。不知道是不是一种预示，我们原本无忧无虑的快乐生活里突然发生了一件悲伤的事：可怜的小鹤——那位成了按摩师的孩子的小鹤突然死了。并且，不是自然死亡。

之前提过，盲人按摩师是个有钱人，有钱但吝啬。他的钱是这么得来的：一边做着按摩，一边拼尽全力地攒起来，然后一点一点地借给附近村庄的农民、工厂的工人等，收取利息。也正因此，对于其他的事情，他什么也不管，但一旦和钱相关，就会变得特别严厉。可是，可怜的小鹤居然把按摩师视作命根子的宝贝钱——还是十五日元——给弄丢了。

据说那天，小鹤拿着按日放贷的本钱，走在送往河边佃农家的路上。以下是阿金所述，当天她在小西桥碰到了小鹤。

阿金问小鹤："你要去哪儿啊？"小鹤笑着回答："帮我父亲跑个腿。"简简单单一句话，阿金已经知道她要去干什么了，于是对小鹤说："那你快去快回哦，回来以后我们一起去小都家里玩啊！"一听这话，小鹤赶忙用力地点点头，然后迅速跑远了。

"当时如果她没跑那么快，说不定钱也不会丢了。"阿金像是在自责，万分悲痛地叹了一口气，露出了从没有过的失落神情。

不过，我觉得肯定不是这个原因。总之，当小鹤跑到佃农家里的时候，那笔钱已经不见了。发现把钱弄丢的时候，小鹤该有多惊恐啊？她父亲那张勃然大怒时可怕的脸，一定像闪电一样在她眼前闪过。听说当时小鹤的脸色立刻变了，立马返回寻找。她在刚走过的乡间道路上，一遍又一遍地走过来、走过去，花了好几个小时，拼命地找，却怎么也找不到钱包。

借钱的那家是贫穷的佃农，被逼到借高利贷肯定是因为遇到了某些迫在眉睫的事。那家佃农对小鹤说："真伤脑筋啊！说什么也要在黄昏之前拿到这笔钱啊！"这下，小鹤也不好意思再这么磨磨蹭蹭、没完没了地找下去。她知道肯定要挨骂了，于是悄悄溜回了家，心惊胆战地从后门朝家里看，正巧按摩师父亲没在家，只有母亲正在哄妹妹美纪睡觉。

听说当时小鹤妈妈听到后门"哗啦"一声被拉开了，还吓了一跳，回过头发现是小鹤，于是问："哎呀，你怎么回来这么晚？这么久的时间，你都干什么去了？"听妈妈这么一说，小鹤突然"哇"的一声哭了起来。看着女儿回来时垂头丧气的样子，以及现在铁青的脸，小鹤妈妈的心里冒出了一个不祥的念头："莫不是……鹤，你没把钱弄丢吧？"

谁知这么一问，小鹤哭得更大声了，妈妈又连忙追问："真的丢了吗？鹤，真的丢了？"

小鹤妈妈素来最了解按摩师的暴脾气，她心里着急：这可怎么办才好？看着小鹤哭得直发抖，妈妈也别无他法，只能先安慰她："既然已经丢了，那也没办法。也许会有好心人捡到后给我们送回来。就算没人送回来，妈妈也会跟爸爸好好求情的，所以你再去给重作家另外送一份钱过去吧。他家应该也急等着用钱呢。"

小鹤妈妈说完，又拿出了另一笔钱，这次比以前更加谨慎，她把钱包的绳子紧紧地系在小鹤的和服腰带上，然后让小鹤送过去。那时已经快五点了，虽然没有下雨，但阴沉沉的天空显得愈发沉郁、黑暗。

小鹤出去不久，按摩师回来了。他把自己收回来的利息全部收进手提保险箱，又把原来放在里面的钱数了一遍。很快，他就发现少了一笔钱——正是小鹤妈妈拿出去的那笔钱。按摩师怒吼："阿初，你偷拿了我保险箱里的钱吗？"

小鹤妈妈赶忙解释道："啊，对不起！要拿给重作家的钱，因为小鹤那会儿没在家，我就给拿过去了。路上因为美纪哭得太厉害了，我就边哄她边走，结果一不留神就把钱弄丢了……"话还没说完，小鹤妈妈脸上就"啪"的一声迎来了一记响亮的耳光。"你这个尼姑，你还敢骗我！你是在祖护你的孩子吧？就是小鹤拿去弄丢了吧？你这么护着她，就带着那个小鬼一起滚出去……快！滚出去！"按摩师虽然眼睛看不见，却狠狠一脚把小鹤妈妈踹翻在地。

后来，小鹤妈妈哭着告诉大家，小鹤好像就是在闹得最凶的时候回来的，她那双可怜的眼睛一定是看到了这可悲的一幕。小鹤妈妈还说，要不是小鹤看到了这一幕，再怎么说她，她也不会去死的。

正因为按摩师是身有残疾的盲人，所以即便被大家厌恶，他还是比任何人都更加看重金钱，这可是辛辛苦苦攒来的十五日元！也正因此，按摩师的怒气无论如何都难以消除。在这一片愁云惨雾之中，太阳下山了。可是等到月亮上了树梢，小鹤还是没有回来。

小鹤妈妈担心得不得了，可又怕出去找人反而会把事情闹得更大，因为顾忌丈夫，所以没能去找。按摩师还冷嘲热讽："就因为你总是袒护她，把她给惯坏了，她肯定是随便找了个地方在玩儿，想等事情平息后再回家。哼！她敢回来看看！"

时间一点一点过去了，眼看着十一点都过了，就连一直大声叫嚣的按摩师也开始担心起来，不安地大叫着指挥道："阿初，你快出去找找看！"小鹤妈妈等的就是这句话，立刻飞奔出门。她跑到阿金家、小仓家，跑到小鹤可能去的每一个角落，一边跑一边到处打听，可是哪里也不见小鹤的踪影。保险起见，小鹤妈妈还去了重作家。

结果对方说："那孩子五点刚过就把钱拿来了，然后就回去了呀。"

第二天早上，小鹤的尸体在小西川的苇丛中浮出了水面。第一个发现的，正是我们曾经一起凑钱给买玩具的利根一家。

"我们能发现她，真是冥冥之中注定的啊。"心地善良的船老大老婆说着说着就哭了，"利根一都长这么大了，可这孩子却死了。"自从上次一别之后，她就再也没见过小鹤，再加上尸体刚发现的时候，已经在水里泡了一夜，所以她并没有立刻认出来这是小鹤。但利根一妈妈觉得肯定是工厂这边的孩子，于是火速跑向离河最近的铁道口值班室。途中，她遇到了找了小鹤一晚上的母亲。

前面说了，把这个消息捎给我的，是阿金。

"小都，小都，糟了，小鹤在河里死了。"

我当时刚吃完早饭，还站在餐桌旁，听到阿金喊话，直接跳起来冲到了檐廊上："什么？真的吗……"

"是真的，她的尸体已经浮出了河面。现在大家都往河那边跑。昨天半夜，小鹤的妈妈还来我家找过她。"我急忙和阿金一起往河边跑。

河边已经是人山人海。我们拨开人群往里一看，小鹤静静地躺在船上，身上盖了一张新草席。小鹤的母亲似乎忘记了人群的存在，把脸贴在尸体上号啕大哭。

"真可怜啊！"阿金难过地一直使劲眨眼睛。我完全没有勇气去直视面前已经面目全非的好朋友，尤其是草席下伸出来的那两条被水泡得发白的小腿，我实在是不忍直视。

人群在窃窃私语："为什么不早点带她回家？""验尸的人还没来呢。"

不一会儿，警察和医生分开人群走进来。我看不下去，悄悄退到了一旁。此时此刻，我感到胸口像被冰冻住了，心脏却变得像气球一样，里面的血在"扑通扑通"地猛烈撞击，好像下一秒就要爆开，喷涌而出……

"小鹤的眼睛里出了一点血，这是怎么了？"小美和小仓也过来了，不知什么时候来到了我们身边，"与其这样，小鹤还不如忍饥挨饿呢。"

……

过了一会儿，验尸好像结束了，尸体被放在门板上抬到岸边。尸体从我们面前通过时，我们自发地排成了一列，低着头目送小鹤离开。

周围的人都走得七七八八了，我突然发现我和阿金紧紧地握着彼此的手，就好像我们再也不能承受失去彼此，失去任何一个朋友。

当天傍晚，可怜的小鹤，在河堤外的火葬场里火化了，第二天葬在了她那去世的父亲的墓旁。那一天，五年级的年级主任三轮老师带着小鹤的同级同学有志一起参加了葬礼。虽然我们和小鹤不是一个年级，但我们是每天一起去学校的好伙伴，大家都把攒起来的零用钱拿出来买香烛，自觉加入送葬的队伍。

　　乡下不像东京那样用汽车运送，大家都排着队跟在棺材后面。沉默无言的队伍长长地走在田地里的小路上，别提有多凄凉了……

　　再见了，小鹤！你就在你爸爸身边，放心地安睡吧！

无法挽回的悔恨

每天一起上学的朋友，突然少了一个人……而且还是因为这样的原因消失的，我们真的是太难过了。在上学、放学的路上，我们会时不时地想起小鹤来："啊，小鹤在这里摔过一跤。""那里，小鹤系过鞋带。"……以前不曾放在心上的小事，却在人死后，反而比她活着时更加鲜明深刻，一件又一件地浮现在我们的眼前。

"身边居然还有着如此不幸的人——我们必须觉得自己很幸福，也必须拼命学习。"就这样，小鹤把我们的感情都给凝聚了起来，也将作为我们的挚友，永远留在我们心中。

一个星期六的傍晚，院子里的绣球花开得实在太美了，我想把它放在小鹤的墓前。

我叫上了阿金，一起去了墓地。我们怀着莫名的心情，走上通往墓地的那一条小路，突然看到有一个身影正蹲在墓前，我们停下了脚步。

"是按摩师。"阿金小声对我说，"他为什么还要到墓地来！明明做了那么残忍的事，明明是他逼死了小鹤！"阿金声音轻微，却咬牙切齿，充满了厌恶。

"也许他觉得对不起小鹤吧？我们就在这里等他走了再过去吧。"我也很是疑惑。

我们俩躲在旁边一座不知名的坟墓后面，等着按摩师离开。但是，等了很久很久，我们等得脚都麻了，按摩师却还是静静地蹲在原地，一动也不动。"小都，那个人是不是死了？"阿金一脸不安。我其实也这么想，不禁吓了一跳，就站了起来。

好在这种担心是徒劳的。几乎就在我们站起来的同时，按摩师也站了起来。他转过身，我们直直地对上了他那空洞苍白的眼眸，可是按摩师不知道。他落寞地拄着拐杖，低着头一步一步地走了。

"他一定觉得自己做了坏事，所以才会偷偷来扫墓吧？"

小鹤的墓前，花瓶里插着一束崭新的鲜花，还有一堆燃尽的香灰。

我想起小鹤妈妈之前痛哭懊恼："就是因为不想让娃娃挨饿才……没承想反而害了她啊。哇……"看到按摩师离开的这一幕，我突然明白了小鹤妈妈为什么那么恨按摩师丈夫，却还不肯离开他的家——他悔改了，尽管这悔改已经无法挽回任何事情。

我没有把漂亮的绣球花插进花瓶，而是把它静静地放在了墓碑前的泥土上，尽管我觉得绣球花要漂亮得多，但我想按摩师继父的花应该更能让小鹤觉得欣慰吧。

不速之客

悲伤的回忆留在心底，梅雨季一出，完全一派夏天的光景。去学校的路上，水田里的稻子已经抽出了绿油油的稻穗，旱田里蔓延出红薯的叶子，各处的小河里，也开始出现心急的孩子们玩水的身影了。

"我们本来约好的，今年一放暑假，也要在小西川玩个够。"阿金望着在水里游泳的孩子们，喃喃地说道，"但是，今年我不想在这条河里游泳了，小都。"

确实如此，刚入春我们就一直嚷着：暑假到了，大家还要像去年一样去游泳！这也是我们对暑假最大的期待了。但是，现在小河已经完全不同了。小鹤就死在这条河里，这件事令我们永生难忘。

在那之前，小西川是夏天愉快的游乐场。而如今，快乐淡去，悲伤无比强烈。虽然带走小鹤的河水早已一去不返，但是，一想到那是亲爱的朋友离开人世的地方，河道的每一个角落就都充满了悲伤的思念。在这里，我们很难再有去年那种尽情嬉戏的心情了。

"我们倒是可以去上游的河坝那边游泳，但那边水深，离得又远。"阿金有天这么说。

"那要不去我家那边游泳怎么样？虽然河水很浅，可能有点无聊，但是水很干净。"美音接过了话茬。

"离得太远了，阿新哥不能来游泳可怎么办啊，小都？"阿金像和我商量似的。

是啊，要是阿新哥不来就没意思了，不过，最近他忙于学习，不可能像以前那样——在工厂休息的时候和我们在一起玩了，这些我也能想象得到。阿新每天晚上都要来叔叔这儿，不仅学习英语和数学，听说连最初级的德语入门也开始了。阿新对于学习的热情自不待言，叔叔的教学热情也丝毫不让。而且，教的一方和学的一方都相当享受，两个人面对面坐在书房里的情景，就像亲父子一样让人感到亲切。

"你为什么要对那个孩子倾注这么大的心血？"婶婶时不时地对叔叔的热心提出抗议，"我们家又不是没有孩子，阿新不就是女佣的弟弟吗？"

每当这个时候，叔叔总是笑着回答："这孩子太聪明了，如果埋没了人才就太可惜了。虽说他是女佣的弟弟，但阿茂只是现在在我们家当女佣，她也不可能一辈子都当女佣。再说了，这孩子是正昭的恩人。把有天赋的孩子培养成材，就像培育参天大树一样快乐。你就把这当作我的爱好，别管我了。"

一般情况下，叔叔都不会违背婶婶的要求，但一提到阿新，他总是把婶婶的抗议当作耳边风。所以最近婶婶经常毫无来由地责备阿茂：肯定有比阿茂更勤快、更听话的女佣，这样自己也能比现在更轻松。

婶婶的这些苛责，换作旁人，一定会觉得她太刻薄了。但是，阿茂听了却一点也没有不高兴的样子，她说："没关系啊，不管我怎么挨太太的骂，只要我弟弟能学到自己喜欢的东西就行。所以，为了不让新吉①无法继续学习，小都，请你不要责备夫人啊。而且夫人其实是好人，正因为这样，所以我才不介意的呢。"

被蒙在鼓里的阿新，越发爱上了学习，我甚至觉得他脑子里根本没有想跟我们玩的念头。

话说回来，对于美音的好意，我也实在无法无情地拒绝。于是我就说："偶尔去别的地方玩玩也不错。那我们就

---

① 新吉，阿新的本名。

去美音那边看看吧，阿金。"

"那倒也是。"出乎意料，阿金居然爽快地同意了，"那阿新哥来不了的日子，大家就一起去美音那儿玩吧！"

虽然我们约好了，但距离暑假还有一段时间。所以，我们还是得每天顶着酷暑上学。令人生气的是，初中放暑假竟然更早，正昭已经准备和婶婶一起出发去东京啦！

听说正昭姐姐的未婚夫突然工作调动要去九州[①]，所以他们准备在八月中旬举行结婚仪式，于是婶婶就和正昭一起过去，帮他们做准备，然后列席参加婚礼，因此他们就要提早去东京。

"我可受不了东京的酷暑，仪式一结束我就会马上回来的。小都，你要保重身体哦！"婶婶对我说，"我会给你带你喜欢的空也[②]糯米豆馅的点心回来的。"

家里少了婶婶和正昭，突然变得冷清起来。虽然我没有被婶婶一直温柔相待，但婶婶不在家，我总觉得少了点什么。

这时我猛然意识到，原来婶婶对我来说如此重要啊！

---

① 九州，指九州地方，位于日本南部，包括九州岛和周围 1 400 个岛屿，由福冈、佐贺、长崎、熊本、冲绳等八个县组成。
② 空也，一家从 1884 年开业至今的日本和果子店，以糯米豆馅点心而闻名。空也的糯米豆馅点心外皮香脆，豆沙甘甜，原材料非常简单：砂糖、红豆、糯米、麦芽糖、盐。

在距离暑假还有两天的中午，我刚吃完便当，正要去操场，一个清洁工走进了教室，在老师耳边小声说了些什么。老师听了点点头，然后朝我走来，说："竹下，你东京的阿姨来看你了。"

"东京的阿姨"——我有点没明白这是什么意思。我在东京没有亲戚，除我同学的妈妈以外，目前为止，我还没叫过其他人阿姨。难道是去东京的婶婶吗？不过话说回来，婶婶现在来学校见我也太奇怪了吧！

我心里不断嘀咕猜测着，反正去了就知道了，于是我朝着"东京的阿姨"等待的地方——正门前的花坛，飞快地跑了过去。

她听到了我的脚步声，回头望向我。看到她的模样，我不由得"哎呀"了一声，停下了脚步。对面站着一位漂亮的阿姨，她穿着新式洋装，像是从电影里走出来的，妆容虽然也不能说不自然，但着实有点艳丽。最重要的是我与她素不相识。但她似乎认识我，脸上笑容亲切，主动向呆立在原地的我走过来。

"你就是竹下都吧？"

"是的，但是……但是……"后面的半句话——"我不认识你"，我吞吞吐吐地说不出口。

"哎呀，你竟然把我忘了！"她半是惊讶，半是责备，伸出纤细的手——戴着白色蕾丝花边手套——握住了我微微出汗的手掌，"你可真过分啊！我是绫子——你的妈妈啊！"

"……"

"我是绫子——你的妈妈啊！"这话出人意料，与其说是出人意料，不如说是犹如晴天霹雳，我完全不知道该如何回答才好。

"妈妈！"——不管哪个孩子，如果被从小告知自己的生母早已不在人世，但突然来了一个素不相识的阿姨对自己说"我是你的妈妈"！我想换了任何人，也会和我一样，大脑一片空白吧？我活了这么大，一次都没想过会发生今天这样离谱的事情。我生母早就去世了啊！是大家对我说谎了？还是眼前这个人想要骗我？真相只能有一个。相比这位初次见面的陌生阿姨，我更相信爸爸和叔叔对我说的话——爸爸和叔叔是不可能对我说谎的。

这位自称是我妈妈的陌生阿姨，面对目瞪口呆的我，似乎并没有察觉到我内心的混乱，继续自顾自地说道："前些日子，因为你的事，我经常给坂井先生写信，但他一直没有回信，所以我才下定决心找过来的。我想，这样做虽然有些冒失，但哪怕我去了坂井先生那里，他也不会不让我见你吧？于是，我就直接来见你了。我今天早上走遍了这个地方，才在学校找到你啊，小都。"

眼前的这个"妈妈"满脸疲惫，从头到脚、仔仔细细地打量我全身上下，感慨道："你真是长大了呢！——你还记得妈妈吗？最近不知怎么的，我突然很想见你，本以为今年春天你也会来给爸爸扫墓，所以就在当地的茶馆等了你很久……"

一瞬间，我想起茶馆老板娘说的话了——"有一位女士也来扫墓"。那时来的就是眼前的这个人吗？脑海中突然又闪过另外一件事——叔叔曾把那位夫人留下的名片撕得粉碎！如果眼前这个人和那天那个人就是同一人的话——如果这个人就是我妈妈的话……那我妈妈一定曾经惹过叔叔生气？我的心里越发糊涂了起来，心情也如坠深渊。

"喂，小都，你怎么了？怎么一直不说话啊？坂井先生是不是跟你说了我的坏话？"

"没有。"我坚定地摇了摇头，第一次开口，"不管是叔叔，还是婶婶，什么都没说过，我也不知道你写信的事。大家一直对我说我的生母去世了。"

"什么？说我死了？"她吃惊地反问，然后厌恶地咂了咂嘴，"真是把人当傻瓜。我明明还活着，却说我死了。——那么，你真的相信了吗？"

我默默点头，除了当真，我还能怎么样？我当时还是个孩子啊，能怀疑什么？更何况，告诉我这些消息的人全都是最疼爱我、对我最重要的人。

而且在过去的十三年里，除温柔的妈妈之外，没有人敢称自己是我的母亲，我被妈妈宠成了掌上明珠，所以我的生母，在我心中虽然有时也很想念她，但毕竟像梦一样，消散在遥远的过去了。没想到，在这个时候，却突然出现一个人，说是我的亲生母亲……

"那么，我说的话，你是一点儿都不相信吗？"她自嘲似的说，"连亲生的孩子都不相信我的话，我可真是太失败了！——我自己也没想到居然会这样，我还一直想着：就算坂井不支持，你也一定会跟着我走的，可能的话，我们要在一起生活。毕竟之前没有办法，才会让你闷在这种乡下地方，而且你明年也要上女子中学了。"

我仍旧沉默不语，不仅因为我不知道该怎么回答，更因为她的话渐渐变得粗鲁，让我从心底生出一股巨大的厌恶——如果这个人真的是我生母的话。我突然想哭，因为她和我的妈妈简直是截然不同！

"哎呀，小都你倒是说点什么啊，让我一个劲地说个不停——到底是被某些人心怀叵测地养大的——天底下哪有这样的母女相见啊？""妈妈"焦急起来，剧烈地摇晃着我的手。

确实，或许从没有这样的母女相见吧！就在我无计可施、手足无措的时候，"丁零丁零！"救命的铃声响彻学校——最后一节课要开始了。

"小都！""小都！"二楼教室的窗户传来了朋友们叫我的声音，她们担心我上课迟到。我抬头看了看声音传来的方向，阿金她们在向我挥手，我朝她们点了点头，然后默默地向"妈妈"鞠了个躬。

"你要上课了，但这已经是最后一节课了吧？""妈妈"恋恋不舍地说，"我会一直等你放学的……"

就算您一直等着我，我又能怎么样呢？但是"请您不必等我了"这句话我无论如何也说不出口。我再次向她鞠了一躬，拼命压抑百感交集的心绪，跑过整个操场，跑上去教室的楼梯。直到这个时候，无尽的委屈才一下子涌上了心头，在生母面前一直拼命忍住的泪水从眼中涌了出来，但我也不知道这眼泪是为何而流。不过，我可不能哭着走进教室，于是，我紧紧抱着楼梯中间的栏杆，擦掉了流出来的眼泪。

幸好，老师还没进教室。但很快，阿金就注意到我脸上的泪痕，她不顾老师马上就要来了，离开自己的桌子朝我跑来,关切地问:"小都,你怎么了?"刚才的事,怎么可能用几句话就说得清楚呢?我只能沉默着摇了摇头,表示"没什么事"。正在这时,老师也进来了。

在那整整一个小时的时间里,我一直心不在焉,听着老师的声音,心却不在课堂上。我心里挣扎,想着这样可不行,但还是控制不住地把视线从课本上移开,投向操场那樱花落尽、长出嫩叶的树荫下。"等你放学"这句话让我很是不安。

等我放学,再和我见一次面,然后她准备做什么呢?是要说服我、把我带走?还是苦苦挽留我,直到我真心实意地叫她"妈妈"为止?就算这个人真的是我妈妈,首先,我不想在放学时不跟叔叔打招呼就擅自跟别人走;其次,我心中丝毫没有叫她"妈妈"的亲切感,反而因为这个"妈妈"的突然造访,我的心被搅成了一团乱麻,一点头绪都没有。

终于,放学的铃声响起来了,身边朋友们纷纷把书扣在桌上,我回过神来,看样子,老师并没有发现我这一个小时精神上的游离,我松了一口气。老师走了,朋友们都像被解放了一样,嬉笑着收拾文具准备离开。班里只剩下值日生了。

年级长和副年级长要轮流留在班里,监督当天的值日生。昨天轮到我，原本今天可以早点回家，但我却没啥动静。

"怎么了，小都，你还不回去吗？"阿金走出了教室，却又担心地返回，"发生什么不开心的事了吗？刚才那个人，是谁啊？"

我隐瞒不下去了，悄悄对她说："那个人说她是我'妈妈'，说会一直等到我放学，但那个人到底是不是我的生母，我自己也不太清楚。"

阿金瞪大了眼睛："可是你的生母不是早就死了吗？那个人一定是个人贩子。她骗你说是你的生母，其实是想把你拐走。你可不能被骗了！要是再遇到这样的人可就麻烦了！"

阿金为了保护我不被人拐走，把所有的朋友都叫了过来，围在我身边，一起护送我离开学校。

"不用告诉老师吗？"久子担心地问。

"不用，不用。我们这样护送小都就很安全了！"大家就这样吵吵嚷嚷地一起穿过了运动场，来到了校门外。但在那里并没有看到刚才那个人的身影。

"果然，她就是人贩子！她看到我们这么多人，觉得没法骗小都，就自己逃走了。"阿金高兴地说。

但不知为何，看不到那个人的身影，我的心里反而感到一阵落寞，甚至还有一丝留恋。阿金越是认定她是个人贩子，我反而越觉得她一定不是人贩子。

"她果然是我的生母，因为我刚才的态度那么差，所以她自己放弃回去了。"但是，另一个疑问又冒了出来，"生母真的还活着，这是真的吗？"

"回家以后，我要跟叔叔把一切都问清楚，这样就能明白了！"

身世真相

"问叔叔，问叔叔，真相！真相！"我一路想着回到了家。

但一看到叔叔的脸，我反倒是不敢轻易问出口了。"叔叔，今天有个漂亮阿姨来了我们学校，她说是我的生母，我生母还活着吗？"不不不，我不能这么直截了当地问，我想起扫墓那天发生的事。"叔叔那么不喜欢的人，如果她就是我生母的话……"一想到这，我就觉得我不该问。

虽然今晚叔叔已经从办公室回来了，但我什么都没对他说。可是，心事重重的我，任凭谁看了，也会发觉和平常很是不同吧。

"小都，你今天好像没什么精神，是不是哪里不舒服？"

"没有。"

"可是你脸色不太好啊。你婶婶不在家，你要是生病，那可就麻烦了。吃完饭早点休息吧。"叔叔没有想到我是心病，硬是把我逼到了床上，还拿出了体温计，"来，测测体温。"

"叔叔，我真的没有病……"

叔叔真的很担心我，我觉得特别对不起他，想把心里的话说出来，但又不知该怎么说，就在我来回纠结犹豫的时候，叔叔自己得出了结论："算了算了。只要没病，那就听话睡吧。一定是白天太热了……"到嘴边的话，被叔叔给打断了，我还是没能说出口。

叔叔离开了我的房间，我闭上了眼睛。眼前却又浮现出白天那个人的身影——"你是小都吧？"说着，她脸上露出了明媚的笑容。

"那个人真的是我的'妈妈'吗？我的生母还活着吗？"不管那个人是不是我的生母，我已经无法相信"生母死了"这件事。回想起过去的种种，我满脑子疑问：为什么我一直都没有注意到这件事呢？

首先，我的生母的的确确没有墓地。爸爸说她和奶奶葬在了一起，可叔叔之前先是说妈妈葬在了乡下，听我说完又慌忙改口。

其次，上次植村叔叔来的时候说他前不久见过我妈妈，当时我还想，这个叔叔怎么胡说八道，原来植村叔叔是真的见到了，只不过见到的是今天来学校看我的生母。

"嗯，小都有点不舒服，所以我就让她先去睡了。"餐厅那边有人在说话，是叔叔。估计是阿新又像往常一样来学习，看到我没在，所以就问了一句吧。

不一会儿，说话声从餐厅慢慢移向书房，只剩下厨房里清洗餐具的声音。

我翻了个身，再次闭上眼睛，再次陷入沉思。

生母还活着——这已经是毋庸置疑的事实了。可是，从爸爸妈妈到叔叔婶婶，居然都对我撒了谎，说她已经死了。这到底是为什么呢？这些对我撒谎的人，全都是深爱着我、希望我幸福的人。这样，我不得不难过地猜测：是不是生母做了什么让大家都谴责的事情，所以他们才会想让她从我的生活中完全消失呢？

想到这里，我顿时理解了叔叔为什么要撕毁名片，以及他为什么一开始想把献在墓碑前的花束扔掉。而且，如果今天来的人就是名片上那位夫人的话——绝对，这个人绝对就是我的生母！

我的心就像一扇关上的窗户被打开了，可是这扇被打开的窗户外面却一片漆黑，没有一点光亮。那位母亲，是一位连她自己生下来的孩子都会被不断告知"她已经死了"的母亲。可我又想：无论怎样的母亲，被孩子那样对待，失望而归，心里也不会好受吧？我又产生了深深的愧疚。

那位遗憾地说着"你不相信我吧？"的母亲，那位自嘲地说着"连亲生的孩子都不相信我的话，我可真是太失败了"的母亲。尽管在当时，我只能一声不吭，但如果是站在生母的立场上，那该是多么可怜、多么失望啊！

"十多年都对孩子不闻不问，现在突然想见面，真是个相当自私的人啊！"不知为何，我无法这么想她，只是觉得：多可怜的母亲啊！

我心里非常难受，又翻了个身。就在这时，走廊上传来了脚步声，阿茂拉开拉门走了进来。

"你感觉如何？"

我连对阿茂都觉得烦躁，所以假装睡着，闭着眼睛不作声。

"嗯，睡得很香呢。"阿茂轻轻地把我枕边的蚊香移到了远处，小心翼翼地拉下蚊帐，仔细压实蚊帐下摆，又看了看我的脸，然后"啪"的一声关了电灯出去了。

淡淡的月光透过窗玻璃映了进来，房间被黑暗包围。尽管心事重重，但那时我毕竟只有十三岁，房间变暗后，再加上一天的疲惫，我本是装睡，却在不知不觉间沉沉地睡着了。

　　第二天早上，叔叔难得比我起得早，我去跟他行礼问好，他关切地问候我："早上好啊，现在感觉怎么样？昨晚睡得好吗？"

　　"是的，睡得很好……"我嘴上这么说，心里又觉得思考那么重要的事情，竟然也能不知不觉地睡着，真有些不好意思。

　　"是吗？那可太好啦！"叔叔把看了一半的报纸放在一旁，"只要睡好觉，基本所有的病都能痊愈。怎么样？小都，你病也好了，顺便跟叔叔去院子里看看吧？我也好久没陪你玩了。今天还早，去上学之前时间还很多呢。"他一边说，一边站起了身，穿上了在院子里穿的木屐。

　　"早起真是神清气爽！我们去凉亭看看吧！今早我们就在那儿吃早饭吧。"院子里的草坪上挂满了露珠，我们走向灌木丛对面的凉亭，我的睫毛都被露水打湿了。叔叔来了个大大的深呼吸，在凉亭里坐了下来。

　　"小都，快坐下。一会儿，阿茂就会把饭送来了。"叔叔指了指，我乖乖坐下。从刚才开始，我总觉得叔叔有什么话要对我说，心里七上八下。可是，坐下后，叔叔却一直不说话，我也同样沉默不语。

　　过了一两分钟，叔叔才把身子转向我，装作随意的样子，温柔地对我说："小都，昨天你生母去学校了，是吧？"

　　我很惊讶，盯着叔叔，回想昨天究竟是谁、什么时候告诉了叔叔这件事？同时，我又为瞒着叔叔感到深深的歉意。所有这些情绪交织在一起，一下子涌了上来，下一秒，眼泪直接涌出了眼睛，大颗大颗地掉落下来。

　　"不用哭，不用……"叔叔的语气里全是怜爱，一遍遍地轻抚我的脑袋，"叔叔一想到贸然跟你说这些，你会多么震惊，我就觉得自己实在是太残忍了。昨晚新吉告诉我阿金她们说你在学校遇到了人贩子，议论个不停。是不是因为这个？——其实新吉并不是有意说的，是我先说了你病了，他才告诉我的，你也不要对他生气。其实这事，叔叔应该是最早知道的。小都，你向来什么事都跟叔叔说的，这次怎么这么重要的事都没跟我说呢？"

　　"可是……"我终于含着泪说出了口，"因为那个人……那个生母……是叔叔特别讨厌的人，就是上次那个来扫墓的人啊！"

　　"这样啊。"叔叔松了一口气，"你是因为担心绫子是我最讨厌的人，所以你感到很害怕，对吗？不过，你真的一开始就认为那个人是你的生母吗？"

　　"没有，"我摇摇头，"那个人……'妈妈'不见了以后……阿金就一直说着'人贩子，人贩子'，这时，我才……"我断断续续、一字一句地把和生母见面的情形，从头到尾对叔叔讲了一遍，叔叔边听边不住地点头，等我讲完后，他用力地点了点头："原来是这样！"

　　"小都，你没有做错任何事。反而是绫子突然到来，是在强人所难。你父亲曾经这样说过是吧——'等你到了十六岁就给你生母立碑……'。我觉得，他的真实意思其实是，等你到了十六岁，就把关于你生母的一切事情都告诉你，而在那之前，还是让你宁静、幸福地长大吧。我是这么理解的。所以，这段时间绫子突然寄来的那些信，我都装作没有看到。但没想到，她昨天居然做了这么鲁莽的事……小都，你以为我讨厌你的生母，所以一直很担心。其实，我可从没认为你的生母——绫子女士是一个讨厌的人。尽管她打扮得花枝招展，对生活没有规划，作为家庭妇女有很多缺点，但她本质上并不坏，只是……"

　　说到一半，叔叔犹豫了一会儿才继续说："我只是对她以前对你父亲做的事不喜欢，以及她作为你的母亲远远不达标。不过以前的事，因为你生母当时还年轻、不懂事，而你父亲受的伤也在和你妈妈总子生活的过程中完全愈合了，后面他好像也就原谅了她，所以对你什么也没说。你父亲之所以对你说你生母死了，我想也是因为他觉得，在你今后的生活中，让绫子作为你母亲出现还是不太合适吧。"

　　作为我的母亲出现，还有欠缺的地方……到底是什么意思？我很想问，但还没问出口，叔叔便又继续了："但是，看来绫子也想小都，并且突然来见你，应该是随着年纪的增长，考虑的事情也多了吧？其实叔叔从没想过不让你见她。但是，无论如何，像她说的那样，把你交给她，根本不可能！"叔叔加重了语气，态度十分坚决。

　　随后，叔叔又恢复了他以往平静的语气："小都已经有一个叫总子的母亲了，你的确是绫子亲生的，但养育你的却是总子。从你两三岁牙牙学语一直到现在，用任何一个母亲都没有的关心和爱，把你悉心养大，做这一切的，是总子女士。也正是总子，在失去了拥有的一切之后，还为了你的幸福，千里迢迢跑到法国，在外国人家里工作。说到这些，你就应该明白，叔叔为什么不想听绫子的话了吧？绫子出于亲生母亲的爱，想把你带走，但我总想着你去总子那里才会拥有真正的幸福，我也能承受再次降临的寂寞，让你去你妈妈那里。但是……"

　　"叔叔，我绝不做让妈妈难受的事！这个世界上，没有任何人比妈妈更爱我了！"叔叔还没说完，我就忍不住大喊。

　　"对啊，对啊。你明白这些，叔叔也就放心了。你妈妈一直生活在对你父亲的追忆和对你的关爱中……啊，阿茂好像把饭送来了。这件事今天就说到这吧。只要绫子能够改变生活态度，叔叔绝不会阻止你和她来往的，关于这点，我会写信给绫子。所以小都你就安心像以前一样好好生活吧。学校明天就要放假了，绫子昨天已经来过学校，今天也不会再来了。"

话音刚落，阿茂就把早饭端了过来。

灾难降临

正如叔叔说的那样，直到暑假来临，生母绫子都没有再去过学校。我的内心稍微平静了一些，却控制不住地泛起一丝涟漪：我的生母，以前不喜欢我吗？

其实这样反而更好。她在我心中本来就是一个已经死去的人——即便是血浓于水的亲生母女，如果不在一起生活，也会变成这样的。我一边这么想着，一边却又想起我那天对生母的态度，会不会让她难过呢？一想到这里，我就久久不能从内疚中出来。

另外，叔叔说不喜欢生母现在的生活，到底是怎样的生活呢？叔叔没有具体说，但这才是我最在意的。绫子妈妈是已经嫁到别的地方去了吗？

暑假来了，不用去学校了，但我的郁郁寡欢还是被阿金她们察觉到了。于是，为了让我开心起来，她们叫我一起去美音家那边的河里游泳。渐渐地，生母的事情被深埋在心底，逐渐淡忘了。

婶婶本来定在八月十七日左右回家，但婚礼结束后，他们又把小两口送到了新的工作地。本来就很怕夏天的婶婶，因为操劳过度，一下子积劳成疾，病倒在东京，一时半会儿回不来了。正昭代笔写信告知我和叔叔，叔叔说："就算身体不舒服，只要能回来还是尽快回来的好。在东京，而且是平民区那种拥挤的地方，一睡觉总会觉得闷热得受不了，家里多凉快啊！"

"您要去东京接婶婶的话，一个人坐火车也不太行吧？"

"嗯，你婶婶如果想回来，我去东京接她也可以……不过她也好久没去东京了，说等病好了，想去看看歌舞伎①什么的再回来，所以她心里其实是想在东京再待一阵子吧。这倒也没什么。小都，请你也给婶婶写一封问候的信吧。"

"嗯，我也是这么想的。我马上就写。"

四五天后，正昭代笔回复了我的信件。婶婶信里说："虽然病还没完全好，但已经可以在床上坐一会儿了。八月也没剩几天了，正昭的暑假也快结束了，索性就在东京

---

① 歌舞伎，日本戏剧的一种，表演时演员不演唱，只有动作和说白，另有人在音乐伴奏下配合演员的动作在旁边或后台唱歌。

待到九月再一起回来吧。"

人的命运会因为某些小事而发生天翻地覆的改变。为什么这么说呢？如果姊姊当时没有坚持"待到九月"，如果她身体稍有好转就回了家，我想姊姊就一定能避开突然降临的不幸。但这些都已经过去了，无论是谁，都无法预料到那一天会发生那样可怕的灾难。命运面前，毫无办法。

那一天是九月一日，早上开始就好像要有大事发生，天气闷热得让人喘不过气来。学校的开学典礼在十点左右就结束了，然后确定了新的座位，发了课程表。临近中午，我们才离开学校，走在学校和工厂之间的田间小路上。猛然间，大地发出了一阵轰隆巨响，震动从鞋底传遍全身，双脚就像被人死命拽住了一样，根本迈不开步。我还想着会不会要下雨了？园子她们穿着高齿木屐踉踉跄跄的，全都摔倒在地。

"怎么了？究竟怎么了？"我们感到毛骨悚然、猝不及防，大家一个个面面相觑、不知所措。"地震啦，地震啦！"[1]田地对面的农家连滚带爬地跑出来一个人，大呼小叫。我们顿时被一种巨大的恐惧包围，吓得说不出话、动不了身。世间罕见的大地震，就发生在我们的脚下。

---

[1] 1923年9月1日，日本发生了关东大地震。东京以平民区为主遭到严重破坏，地震造成了巨大灾难，伤亡约10万人。

仿佛有什么东西在一次次地撞击大地的深处，每撞击一次，大地的轰鸣声就冲击一次，一直传导到我们颤抖的双脚。所有人都害怕极了，根本没想到其实我们现在还算安全——在田地这样开阔的地方，远比房屋附近更安全。大家踩着踉跄的脚步，闷着头拼命朝工厂跑去。毕竟还是一群孩子，内心的恐惧和不安难以言表。

我飞奔回家，家里的女佣阿茂和阿辰站在院子里，一脸迷茫和担忧地望着外面。"啊，小都回来了。"她们看到了我，放下心来，阿茂释然一笑，"小都，你在哪里遇上的地震？"

"我们在土地神社那边的田里，突然地面像爆炸了一样，我们都吓坏了。"看到阿茂，我也稍稍平复了一些。

"幸好是在田间小路上，要是在学校碰到那可不得了了。你看，书架上掉了那么多东西，现在电灯还在摇晃，厨房的墙壁都裂开了。"阿茂指着房子里乱七八糟的样子悻悻地说。

"叔叔呢？"我边观察房子边问，"叔叔在哪儿？"

"还没回来，刚才工厂那边发出了巨响，可能出了什么事，所以还没回来。"

"你打电话问过叔叔那边的情况了吗？"

"啊，我没想到，刚才实在是太慌张了，我马上就去打电话。你进了家门就没事了，我也要告诉先生小都平安回家了，让他放心。"

"电话我来打吧。"

我们三人正要往房间里去，才发现她俩还光着脚，于是，我们都笑了起来："啊呀，光顾着跑了……"就在她们去厨房洗脚之时，我已经登上了檐廊，抓起了餐厅里的电话筒："喂，喂……"

无论拨了多少次，电话线的另一头都没有任何回答，弄得我心急如焚。

"怎么了？没人接吗？"阿茂急匆匆从厨房走了进来，"听说因为地震，电话不通了。刚才从办公室那儿来了个报信的勤杂工，说先生也是坐立不安，派人来问小都回家了没有。"

"那就好，勤杂工叔叔还在吗？"

"没有，勤杂工说工厂那边很忙，然后就回去了。听说三号房的烟囱坏了，虽然没人受伤，但估计先生要忙到很晚才能回家。更重要的是，先生还带了话——后面可能还有余震，让我们都去院子里，把火升起来。刚才那声巨响就是三号房的烟囱发出的。"阿茂边望着门外边说。

我们按照叔叔的吩咐，稍稍收拾，便又来到了院子里。我从高处远眺工厂的方向。果然，从来都是整整齐齐排成一排、悠闲地冒着烟的七根大烟囱，这下，中间却突然空了一大截——第三根烟囱塌了一半。我才了解刚才这场地震的威力，瞬间又被这新的恐惧所吞噬。

"好像时不时还有余震。因为我们在院子里反而没感觉了。"阿辰回头望着房子仔细观察着。

"夫人还在东京吧？应该还不知道这里发生了这么大的地震呢。幸亏她不在。"阿茂真心为婶婶的幸运而感到庆幸。

然而，正是东京，整个城市都被地震引发的凶猛大火给包围了……

叔叔晚上回家后，我才听说东京那边发生了巨大的火灾。"电话打不通，我直接派了一个勤杂工骑自行车去了车站。在他没回来前，还不知道东京具体情况如何。"叔叔抬头仰望着血红又浑浊的夜空，万分不安，"如果是火灾的话，应该是很大、很大的火灾……"

从刚才开始，我们就注意到天空成了红灰色，还议论是不是哪里着火了，但根本想不到，那是——和这里相隔七十千米的东京的大火。

勤杂工很快就回来报信了："是东京的大火，东京平民区现在已经完全被烧光了，火还在向山那边烧。从品川 ①

————————————
① 品川，即品川区，位于日本东京都东南部。

到大森^①，那边又来了大海啸，听说把房子和人都卷走了。火车已经不往大宫^②对面开了，电话也打不通了。其他就不知道了。总之听说死了很多人……"

"平民区全被烧毁了……听说死了很多人……"我们一时怔住了。

"叔叔！"我无助地望向叔叔——正昭的家就住在据说已经被完全烧毁的平民区，而婶婶，婶婶正在那里养病，"婶婶会怎么样啊？"

"……出大事了！"叔叔长叹一声，"我赶紧派人去问问日本桥^③那边怎么样，不知道问不问得到……"

下一个去探信的勤杂工回来时已近半夜。因为害怕余震，我们都在院子里的草地上休息。"电话听说好不容易通了，不过，东京一片混乱，所以什么都不知道。但据说平民区确实已经烧得一干二净了，而且火势根本控制不住，

---

① 大森，位于东京现在的大田区。1947 年，大田区由当时的大森区和蒲田区合并而成。
② 大宫，即大宫市，位于埼玉县东南部，市中心在大宫台地中部，1940 年设市。
③ 日本桥，位于日本东京都中央区中央大道，连接着皇宫、东京站、银座、秋叶原和上野。早在江户时期，日本桥地区就已经成为东京乃至全日本重要的商业中心。

连消防都控制不住了。三越①和白木屋②也都被烧了，日本桥那边肯定是不行了……"

"肯定是不行了……"啊！婶婶！婶婶来得及逃走吗？会不会……此刻我满心满眼全是婶婶，之前那些小小的不愉快完全烟消云散。我的眼前恍惚浮现出温柔的婶婶、亲切的婶婶、身患重病的婶婶……婶婶拖着虚弱的身躯被大火逼得无处可逃，啊！这一幕似乎正在我眼前真实上演。说来也怪，我的生母也在东京——可能因为我不知道她的住址吧，我一点都没想起她。婶婶，我的婶婶，最让我揪心的，还是婶婶。

"婶婶，婶婶，一定要得救啊，千万不要死啊。"不知不觉间，我的眼中已经满是泪水。叔叔以前说，朝夕相处的生活才会有日久天长的感情，大概就是这个样子吧？

勤杂工回去了，叔叔一个人坐在那里，一声不吭，我甚至都不敢跟他说话，只能紧紧地、紧紧地抱着他的胳膊，低着头默默祈祷：啊，老天啊，请保佑婶婶平安无事，拜托了，平安……

也不知什么时候，我竟然迷迷糊糊地睡着了。等醒来

---

① 三越，即三越百货，坐落于东京日本桥商业区，经典别致的建筑风格与琳琅满目的商品让许多游客慕名而来。
② 白木屋，位于东京日本桥商业区的百货公司。

时，天都快亮了，叔叔也不在身边，我赶忙四处寻找，心急如焚。外面都这么乱了，院子四周篱笆上的牵牛花却依旧盛开得娇艳夺目，还是少见的群青色①。在那之前，不，甚至在那以后，我再也没见过颜色如此鲜艳的花朵了。在我失去平静，完全陷入迷茫的时候，这些牵牛花看淡人世间的骚动，那份泰然自若的平静，抚慰了我的心灵，让我冷静了不少。

"工厂这边总算暂时处理好了，总之先去东京！"叔叔下定了决心，那已经是第二天的中午了。车站上挤满了从东京过来避难的人和要去东京寻找亲人的人。叔叔思忖一番：首先，想通过火车往东京捎食物已经很不方便了；其次，还要观察下姊姊那边的情况，不能马上回来；最后，也需要给家里这边带回消息。考虑到以上种种，叔叔最终决定坐轿车去东京。

"我两三天内估计回不来，现在家里都是女人，如果小都觉得害怕，就让新吉来陪你吧。"出发前叔叔这样对我说。

"叔叔，快点把姊姊带回来吧，一定要带回来啊！"

---

① 群青色，鲜亮的蓝色微微透着一点红光。群青色是中国传统色彩，属于古代矿物颜色之一，颜料来自经粉碎制成的青金石，工艺名为"青金"。在古代，群青色多用于绘制壁画、石雕等。

我扶着车窗喊。

"嗯，只要发现你婶婶，我马上就会回来的。不过，这次可没有礼物了。"叔叔还在强装镇定，借着玩笑掩饰。昨晚叔叔那心痛无比的神情还历历在目，我很清楚叔叔的心中有多么不安。

"婶婶就是最好的礼物，是不，叔叔？"我也开了个玩笑，打起精神，朝叔叔使劲挥起了手。

轿车渐渐远去，直到再也看不见……我心中五味杂陈，叔叔的痛苦焦急夹杂着我自己的悲伤担忧，眼泪止不住地流。我在心中默默地祈祷：轿车啊轿车，拜托你一定要载着叔叔和婶婶一起平安归来啊！

但是，一直等到第二天天黑，轿车也没有回家。

"叔叔不知道到底怎么样了？"

因为地震的破坏，叔叔在路上经历了多少麻烦，耽误了多少时间，我是完全不知道的；也正因为收不到一点音信，胡思乱想反而让我心里充满了各种各样的担心。

现在，余震基本平息，但取而代之的，是流言的地震：朝鲜人蜂拥而至了。这让人们的生活再次陷入了恐惧。现在想想，这简直是连小孩子听了都会发笑的傻话，这都有人信，说出来真是让人羞愧。但即便传言如此荒唐，在被地震吓得魂不守舍的人们听来，也会深信不疑，从而惊慌失措起来。

"要不让新吉来吧，要是被谁在井里下了毒就糟了。"阿茂也很担心，就让弟弟阿新来了。大家终于可以放心地上床睡觉了。那天晚上十二点多，剧烈的敲门声把我从睡梦中惊醒。"什么事？"我马上意识到，"一定是叔叔他们回来了！"我立刻从床上跳起来开灯、穿衣服。女佣们已经起来开门了，玄关那边传来了说话声。我手忙脚乱地扣扣子，还不忘屏住呼吸努力倾听，是的，里面确实有司机川部的声音！

"啊，果然！果然！"我急得顾不上扣完扣子，急急忙忙跑向玄关。

"叔叔回……"我的心跳到了嗓子眼——玄关只有司机一个人筋疲力尽地坐在那里，对阿茂和阿新说着什么——又一下子沉入无边深海。

"怎么……叔叔婶婶呢？"我万分失望又忐忑不安地问道。

阿茂相当难过，僵硬地回过头看着我。"听说夫人的病情更严重了，现在正在住院。先生捎信说——'如果小都能过来，请尽快过来'，"阿茂深吸一口气，用前所未有的郑重的语气对我说，"夫人病危了。"

"病危？……"我双眼圆睁，大喊道，"怎么回事？

受伤了吗？"

"没有，没有受伤。"司机解释道，"夫人原本就生着病，又突然遇上这么大的灾难，估计在露宿避难时加重了病情？我拿到了医院的地址，是在牛込^①那边的大医院。"

司机从口袋里掏出了一张纸条，继续絮絮叨叨地诉说着一路的不易："我回来得太急了，现在主路不通了，道路乱七八糟的，连桥都塌了……"他用疲惫的手捋了捋乱糟糟的头发。

"谢谢您。让您这么晚过来，真是抱歉。我马上出发！"

话虽如此，但晚上已经没有火车了。而且最近有很多人一股脑儿地拥向东京——有的为了去发"灾难财"，有的单纯因为好奇心而假装去探望亲友。相关部门为此下了行政命令，现在没有证明不能上火车。所以我们也只能等到明天了。

川部司机相当热心，说他知道医院的地址，再开一次车送我去东京就行。但这是公司的车，而且川部司机已经精疲力竭，加之现在道路这么混乱，坐火车去反而会比开车更快一些，所以我还是决定坐火车去东京。川部司机还

————————
① 牛込（yū），曾经位于东京都新宿区东北部的旧地名。1947 年，四谷区、牛込区、淀桥区合并为现在的新宿区。

是坚持至少要送我到车站，阿茂会陪我一起去。计划好这些，已经过了凌晨一点。

　　"明天要很早出发，请您早点休息吧。我们会提前帮您收拾好行李的。"被阿茂嘱咐了好多遍，我才上了床。躺在床上，我久久不能入睡，有一个声音在脑海里像车轮一样转个不停："婶婶病危了，婶婶病危了……"

　　我还在胡思乱想，窗外却露出了鱼肚白。

废墟之城

火车上人满为患，就像一个个挤满衣物的行李箱，我们在半路竟然被挤下了车。沿着阳光明媚的小路步行，我们终于走到了上野车站。

东京街头面目全非、满目疮痍，"废墟"——原来这个词是这样的景象。

所有道路一眼望去，全都烧得精光，焦土一片，有些灰烬甚至还在冒着缕缕黑烟。电线在地上扭曲纠缠，行道树被烧成黢黑一团。偌大的东京千疮百孔、遍体鳞伤，电车和轿车没了踪影，像被打回了乡下——只有"嗒嗒"的马车载着疲惫的人们在残破不堪的马路上通行。

但是，我没时间对着眼前的东京感伤了。婶婶还在医院里等着我呢，想到这，我们踏上这片如同遗骸一般的土地，一路急行。

尽管我的心已经飞奔到了医院，但疲惫的脚步却像灌了铅一样。到达医院的时候，已近黄昏。"他们等你们很久了，请这边走。"医院接待窗口的一位护士在我们通报姓名后马上站了起来，"请在这边稍候。"

病房旁的等候室，护士把隔间的帘子拉开，向病床上低声说："她们来了。"护士刚离开，我就看到叔叔站在门口。

"啊，小都，你来得真快啊！啊，阿茂也来了。"叔叔步履沉重地一步一步走到我身旁，"累坏了吧？你婶婶实在太想见你了，所以我让川部去叫你。但我和你婶婶之后又担心得不得了。——这一路你一定很累吧？"

"不累。"我摇了摇头，眼泪不由自主地流了下来，"叔叔，叔叔，婶婶……真的很严重吗？"

"嗯。"叔叔筋疲力尽地坐在椅子上，"意识还算清醒，但医生说今晚很危险。她身体本来就很虚弱，逃跑又晚了一步，被落下的东西砸到了胸口……她好不容易逃到上野，又在外面露宿。家里人都走散了，她又是担心又是害怕。——总之聚齐了各种坏因素，最后成了现在这样……唉，不过，总比在那儿被烧死强，能被送来医院已经是万幸了，这样还能跟大家最后再见个面。也只能这么想了，也没有……没有其他办法了……"

　　叔叔强忍悲伤，紧咬着嘴唇，我一时不知道说什么好，强忍住哭泣，上前紧紧抓住叔叔的衣襟。身后的阿茂也在低声啜泣着。

　　"……你们能在她意识还清醒的时候来到，真是太好了。你婶婶该有多高兴啊！正昭也一直陪在旁边，刚才去吃饭了。你们两个都还没吃饭吧？"

　　"我不想吃。"我抽泣着摇头。

　　"那就待会儿再吃。吃饭前要不要和婶婶见一下呢？她这会儿可能已经醒了。"叔叔像是要把悲伤奋力甩掉，一下子站了起来，"阿茂你也一起来吧。不过，眼泪擦一擦，可不能这么悲伤哦。"

　　病房里的窗帘全拉上了，昏暗得几乎看不清人脸。我们跟在叔叔身后，走到床边，护士小姐轻轻摇了摇床："您醒了吗？"

　　"嗯？"

　　叔叔把身子俯向婶婶的枕边："敏子，小都来看你了。"

　　眼前的婶婶憔悴不堪，瘦弱得让人难以置信，两个夸张的黑眼圈，仿佛预示着死亡。"婶……"我努力把眼泪忍住。

　　听到我们的声音，婶婶微微睁开眼睛，脸上浮现出凄美的微笑。她轻轻动了动脑袋，像是在找我。

"看，她就在这里，这是小都啊！认出来了吗？"

"婶婶。"我终于叫了出来，跪在床边。

"小都。"

"婶婶，我在，我是小都。"

婶婶微微点了点头，用微弱得几乎听不见的声音说："小都，谢谢你能来看我。这一路上很累吧？一定很辛苦。"

"不累，不累。"我疯狂摇头，"这都没什么。——我和阿茂一起来的，阿茂说也想来照顾婶婶。"

阿茂这时也跌跌撞撞地走近婶婶的床边："夫人，夫人……请您一定要快点好起来。"

"谢谢……对不起，让大家担心了……"婶婶轻轻地叹了口气，疲惫地闭上眼睛，喃喃地说，"我……早点回去就好了……"

真的，要是早点回家的话……这是我们所有人的遗憾。但听这话从婶婶口中说出，更让我心如刀割。眼泪，压抑了很久的眼泪，再也无法忍耐了……我快要哭出声来了。叔叔抱着我的肩膀，轻轻地让我站起来："小都，你不能哭。这样婶婶会担心的。"

叔叔婶婶都说我俩累，但叔叔还得看护，应该更累吧！承蒙婶婶一直以来的照顾，我和阿茂本就是想来这边照顾她的，如果连一晚都不看护，实在是没有良心。趁着婶婶现在状态还好，就让叔叔休息一晚，我、阿茂和护士三人，从半夜开始，轮班陪在婶婶身边。

婶婶发出了均匀的呼吸声，不知道她现在是睡着了，还是醒着？同时，我也担心她会不会因为了却了一切心事就挺不下去。所以，我一言不发地紧紧盯着她的脸，有时还会喊婶婶几声，想要确认她还有活下去的信心和勇气。

刚才叔叔走到隔壁房间，我听到了他和护士的谈话。"她今晚看起来比较轻松。照现在的情况来看，可能不要紧。"我心想说不定挺过今晚，婶婶就会平安无事了。事后回想起来，其实当时婶婶连表达痛苦的力气都没有了吧。

我正在心中胡想各种虚无缥缈的希望时，婶婶身子一动。我的心马上提了起来，担心地站起身看向婶婶。

"这是谁啊？"婶婶的声音非常微弱。

"我是小都，婶婶哪里不舒服吗？"

"小都呀……"婶婶像是在确认似的，深呼出一口气，然后伸出瘦削的手，朝我伸了过来，"我对小都说了很多过分的话。但其实，婶婶是很喜欢你的……很喜欢的……你知道吗？"

"我知道，我知道……"我哭着握紧婶婶的手，"我也喜欢婶婶……所以，您一定要快点好起来。我们一起回家！"

"是啊，回家，一起……大家一起……阿茂也是个善良的好孩子，大家都是好人……"最后那句话像是喃喃自语，又轻轻消逝。

婶婶的手指突然松了下来，我猛地站起来，慌张地大喊："叔叔，叔叔！"而一直在一旁观察的护士，也察觉到了反常，急忙跑过来。

"阿茂，叫叔叔！快去，叫叔叔！"

"回家吧，一起……大家一起……"

几天后，按照婶婶的遗愿，她在叔叔、我和阿茂的守护下，坐上了回埼玉的火车。可是，这时的婶婶……婶婶已经变成了我膝盖上一只小小的木盒，再也，再也看不到了……

"啊，我要是早点回去就好了……"想着婶婶这句话，想到如果婶婶早点回家，我们就不会像今天这样痛苦地回家。叔叔和我，一直重复着这句话，默默流着泪。

回到家，家里也处处都是婶婶的影子，满眼都是回忆。以前她说要外出旅行不在家，我都没怎么在意，但如今一想到她永远都不会回来了，心便痛了起来，刻骨铭心的悲痛。

啊，婶婶，天上地下，茫茫人海，已经再也找不到她了……

再也找不到了，那个说很爱我的婶婶。

直到再会的那天

"好寂寞啊,小都,没想到会这么寂寞。我现在觉得,你婶婶骂我的声音,出现在这个家里,都像是音乐一样美妙。"

过了婶婶的"七七",叔叔有时还是会这样对我说,用玩笑来掩饰心中的伤痛。婶婶去世后,正昭留在了东京,女佣也只剩下阿茂一个人,家里人数一下子少了一半,显得更加冷清。我隐约觉得,让叔叔心情阴郁的,并不只有婶婶的死。

我听到了一些传言:这次地震过后,尽管使用叔叔工厂的砖瓦建造的建筑几乎没有受损,但由于各处的砖房建筑倒塌了太多,因此,民众对于砖房建筑丧失了信心,这导致工厂的产品销量直线下降。在利益至上的董事会里,也出现了缩减产量、关闭工厂的呼声。叔叔虽然也是董事之一,但那是因为他是厂长,到底只是一个没有资本的技术家，他也无能为力。

在此期间，妈妈一听到地震的消息，就立刻发来了问询大家安危的电报，叔叔先回了"全部平安无事"，又发去了一通告知婶婶死讯的电报。妈妈回复了一通长篇电报，里面说把我继续托付给叔叔实在太过意不去了，她想要搭船回国。叔叔看了那通电报后，似乎下定了什么决心，回了消息："等你回国见，我会再去信。"

当天晚上，他把我叫到了房间。"小都，我在想，与其让你妈妈回国，不如让你去她那边，怎么样？"叔叔看上去很平静。

"可是叔叔，这样，叔叔就更寂寞了。"我不假思索地说。我想到自己不在叔叔身边，叔叔一个人生活，觉得根本受不了。而且，我一直觉得妈妈是个更坚强的人。

叔叔凄凉地笑了："小都，好孩子，你真是善解人意啊。我确实不敢想象，没有你，日子会有多寂寞！不过，叔叔还有一些事要考虑，等处理完这些事，我会去看你们的。现在手头还有些要处理的工作，不能陪你一起去。不过，我可不会让你一个人去法国的，我可是为你安排好了一个同伴哦！"

叔叔说的同伴是阿新。叔叔很久之前就考虑过：由于阿新在日本没能接受正规的学校教育，所以想让他去国外学习。趁这个机会，叔叔让阿新先把我送到妈妈那里，陪着我学会在法国生活。等叔叔处理完这边的工作，他就去法国和我们相聚，然后再带着阿新一起去德国。在那里，有一位叔叔年轻时指导过的博士，叔叔会把阿新托付给那位博士，再回日本。

要是这样安排的话，我也觉得很高兴能去妈妈那里。于是，去法国的事马上就定下来了。后来我才知道，叔叔突然下定决心要把我送到妈妈那儿，最重要的原因其实是我的生母绫子写了很多封信，想把我要回去。

行李很快就整理好了，坐的船也订好了，就是妈妈上次坐的那艘船——也刚好和她出发时是同一个季节。

起航那天，叔叔、阿茂、阿金都来横滨送我了。我们在船上的大会客厅里万分不舍，有着说不完的话，一直说到开船的锣声响起。这时，服务生给我送来了一束美丽的鲜花。

"咦？这是谁送的呢？"虽然是冬天，这一捧红玫瑰和白百合却肆意绽放着，芳香四溢，宛如置身初夏的花园。我疑惑地接过它，花束中滑落一张卡片，上面写着：

祝你能有一个愉快的旅程。

综子

在旁边又用小字写着：

直到再会的那一天。

"综子妈妈！"我强忍内心的激动，把卡片给叔叔看。叔叔默默地站了起来，我也跟着站了起来。我似乎读懂了叔叔的心声：让她见你一面吧。

但是，当我拼命跑到甲板上时，通知送行亲友下船的锣声已经再次嘹亮地响了起来。

"没有时间找了。"叔叔停下脚步，大口地喘着气，"不过，你就放心吧！综子只送来了花，自己却没有露面，看来她是打算洗心革面之后，再来见你。也只有这样，她才配成为你的母亲。所以，你就开心、放心地去法国吧。后面我会去找她，告诉她小都顺利出发了。"

现在，没时间跟叔叔叙说我此刻的心情了。叔叔、阿茂和阿金都被连续的锣声催促着走下了舷梯，只剩阿新和我留在甲板上。

五色彩带一齐投向船下，船上无数的帽子此起彼伏地挥舞着……

我一手握着彩带束，一手抱着绫子妈妈送给我的鲜花，朝着站在船下的叔叔一行人以及不知藏在人群哪里的生母，挥手告别。

再会，再会……直到再会的那天！

－小竹马童书－

北川千代文集